——————阅读之前 没有真相

午夜文库

绫辻行人作品集

绫辻行人 Ayatsuji Yukito (1960－)

日本推理文学标志性人物，新本格派掌门和旗手。

绫辻行人一九六〇年十二月二十三日出生于日本京都，毕业于名校京都大学教育系。在校期间加入了推理小说研究社团，社团的其他成员还包括法月纶太郎、我孙子武丸、小野不由美等，而创作了《十二国记》的小野不由美后来成了绫辻行人的妻子。

二十世纪八十年代是日本推理文学的大变革年代。极力主张“复兴本格”的大师岛田庄司曾多次来到京都大学进行演讲和指导，传播自己的创作理念。绫辻行人作为当时推理社团的骨干，深受岛田庄司的影响和启发，不遗余力地投入到新派本格小说的创作当中。

一九八七年，经过岛田庄司的引荐，绫辻行人发表了处女作《十角馆事件》。他的笔名“绫辻行人”是与岛田庄司商讨过后确定下来的，而作品中侦探的名字“岛田洁”来源于岛田庄司和他笔下的名侦探“御手洗洁”。以这部作品的发表为标志，日本推理文学进入了全新的“新本格时代”，而一九八七年也被称为“新本格元年”。

其后，绫辻行人陆续发表“馆系列”作品，截止到二〇一二年已经出版了九部。其中，《钟表馆事件》获得了第四十五届日本推理作家协会奖，《暗黑馆事件》则被誉为“新五大奇书”之一。“馆系列”奠定了绫辻行人宗师级地位，使其成为可以比肩江户川乱步、横沟正史、松本清张和岛田庄司的划时代推理作家。

绫辻行人“馆系列”作品年表

1987 《十角馆事件》

1988 《水车馆事件》

1988 《迷宫馆事件》

1989 《人偶馆事件》

1991 《钟表馆事件》

1992 《黑猫馆事件》

2004 《暗黑馆事件》

2006 《惊吓馆事件》

2012 《奇面馆事件》

绫辻行人作品集②

水车馆事件

[日]绫辻行人 著
龚群 译

新 星 出 版 社 NEW STAR PRESS

目录

出版前言

一九八七年，在日本推理文学史上是一个举足轻重的年份。在这一年，绫辻行人的“馆系列”登上舞台，改变了推理文学在这个东瀛岛国的发展方向，而这一改变的影响一直持续到了今天。

在“馆系列”之前，日本推理文学被一种叫作“社会派”的小说统治。这种类型的推理小说属于现实主义作品，淡化了谜团和侦探在故事里的作用，注重揭露人性的丑陋和社会的阴暗，和之前人们熟悉的“福尔摩斯式”推理小说大相径庭。

社会派推理小说的创始者是日本文学宗师松本清张，他在一九五七年出版的小说《点与线》是这类作品的发轫之作。小说诞生于日本经济飞速崛起之后，刻画了繁华背后日本社会隐藏的种种弊端和危机，因此引发了广大读者的强烈共鸣，一举取代了传统的“本格派”推理小说，统治日本文坛长达三十年。

在这段时间里，日本的每一部推理小说均或多或少地带有社会派痕迹；每一位创作者也都不同程度地受到了松本清张的影响。当时评论界有“清张魔咒”这样的说法，其统治力和影响力可见一斑。

随着时间的推进，新一代读者迅速成长。这些读者对于日本战后的情况缺乏起码的“感同身受”，导致社会派推理小说的读者群日渐萎缩；加之由于内容过于“写实”，导致作品出现“风俗化”趋势，进一步失去了读者的爱戴。

在八十年代初期，先后有几位创作者进行了尝试，主张推理小说回归本色，重拾“福尔摩斯式”的浪漫主义。其中，最具影响力的莫过于有“推理之神”之称的岛田庄司和他的代表作《占星术杀人魔法》。

八十年代末，在岛田庄司的指引和支持下，京都大学的推理社团高举“复兴本格”的大旗，涌现出一大批推理小说创作者，成为新式推理小说的发源地。这些创作者创作的小说被评论家称为“新本格派”，而其中成就最高、影响力最大的，莫过于绫辻行人和他的“馆系列”。

“馆系列”的灵感来源于绫辻行人的老师岛田庄司的作品《斜屋犯罪》，是当时非常典型的新本格式的“建筑推理”。所谓“建筑推理”，是指故事围绕一座建筑物展开，而这座建筑通常是宏大的、奢华的、病态的、附有某种机关或功能的、现实中绝对不可能存在的。这种超现实主义舞台赋予了谜团全新的生命力，使其更加具有冲击力。这种诞生于二十世纪八十年代的“二十一世纪”的推理，正是新本格派的存在价值和最高追求。值得一提的是，“馆系列”的主人公侦探名叫“岛田洁”。这个名字来自于“岛田庄司”和岛田庄司笔下的名侦探“御手洗洁”，也是绫辻行人以另一种方式在向老师致敬。

发表于一九八七年的《十角馆事件》是“馆系列”的第一部，截止到二〇一二年出版的《奇面馆事件》，这个系列总共出版了九部，并且还在继续创作当中。在这个系列里，绫辻行人运用了本格推理中几乎可以想到的所有手法，将“机关”渗透于故事的设置、陈述、误导、逆转、破解等各个层面。十角馆、水车馆、迷宫馆、人偶馆、钟表馆、黑猫馆、暗黑馆、惊吓馆、奇面馆……绫辻行人的“馆系列”犹如一部部悬疑大片，总能在故事被讲述到“山穷水尽”时，从不可能而又极其合理之处带给阅读者一次又一次震撼。

“馆系列”影响了当时所有从事推理创作的日本作家，直接鼓励了麻耶雄嵩、我孙子武丸、法月纶太郎、歌野晶午等一大批人走上了推理之路，其中也包括绫辻行人的夫人小野不由美。而其后京极夏彦、西泽保彦、森博嗣的出道，也和“馆系列”的启发密不可分，以至于这三位作家被评论界称为“新本格二期”。出道于二〇〇〇年以后的伊坂幸太郎、道尾秀介、东川笃哉、凑佳苗等新人，也都不同程度受到了“馆系列”的熏陶。二〇一二年获得直木大奖的女作家辻村深月更是为了向绫辻行人表达敬意，特意起了“辻村深月”这个笔名。如果说岛田庄司是当时第一个向“清张魔咒”发起挑战的作家，那么绫辻行人就是第一个击碎“清张魔咒”的推理作家。

之前中国内地曾有出版社引进、出版过“馆系列”，但一直没能出全；已出版的几册也因当时出版理念的影响，未能很好地展现这个系列的原貌，甚至出现了删改原版结局的情况。近几年，绫辻行人对“馆系列”做了修订，在日本讲谈社出版了新版，而中国读者还没有机会阅读这个版本，不能不说又是一大遗憾。

作为中国最大、最专业的推理小说出版平台，“午夜文库”经过不懈努力，在日本讲谈社总部及讲谈社北京公司的帮助下，终于有机会出版新版“馆系列”全套作品。“午夜文库”将采用全新译本和装帧，将最新、最完整、最精彩的“馆系列”呈现在读者面前。我们相信，作为已经经过时间验证、升华为经典的“馆系列”，一定会在“午夜文库”中占据重要而独特的位置，散发出永恒的光芒。

新星出版社

“午夜文库”编辑部

作者序言

亲爱的中国读者朋友们：

我以“绫辻行人”这个笔名出版《十角馆事件》一书是在一九八七年的秋天，距今已经超过四分之一个世纪了。自那时起，以“XX馆事件”为题、不断创作“馆系列”长篇小说便成了我的主要工作。到二〇一二年出版的《奇面馆事件》，这个系列已经出版了九部作品。我曾经说过要写出十部“馆系列”作品，距离这一目标也只剩下最后一部了。

在这一时间点，“馆系列”的中文新译版行将推出。旧译版只出到了第七部《暗黑馆事件》，这一次则将出版包括最新的《奇面馆事件》在内的全部作品。

跨越了国与国的界线、语言上的障碍以及文化上的差异，能在中国拥有这么多喜欢自己作品的读者，作为创作者来说，我在备感欣喜的同时，也感到了些许自豪。

“馆系列”作品着眼于“不可解的谜团与理论性的解谜”，属于通常意义上的“本格推理”小说。完成一部作品的方法有很多，除了重视这些着眼点以外，我一以贯之的目的，就是能写出具有“意外结局”的作品。当大家阅读到各个作品的结局时，如果能在“啊”的一声之后感到惊讶，对我来说就十分幸福了。

我听说，中国正不断地涌现志在从事本格推理创作的才俊。以“馆系列”为肇始的绫辻作品，如能对中国的推理创作事业的发展产生激励效果，那将是我无上的荣幸。

从《十角馆事件》到《奇面馆事件》，就请大家好好享受这段阅读“馆系列”九部作品的美好时光吧！

绫辻行人

二〇一三年三月

序章

（一九八五年　九月二十九日　清晨五点五十分）

……暴风雨之夜就要迎来黎明了。

天空中黑沉沉的乌云逐渐被风吹散，东面被群山环抱的天空泛着鱼肚白，昨天晚上的电闪雷鸣和滂沱大雨已经成为过去式，山谷间的风力却丝毫没有减弱。狂风吹拂的树林、洪波泛滥的河流、矗立在水车馆侧面不停翻转的三个巨大的黑色轮子……

这是一个漫长的黑夜，风雨伴随着雷电，其中还夹杂着惊涛骇浪和水车发出的轰鸣。

夜半时分发生的一连串事件让每个人都惶惶不安。一个女人从塔顶坠落，一幅画不翼而飞，还有一个男人莫名其妙地失踪了……然而，有多少人预料到了这些情况最终会引发怎样的结局呢?

这个被风雨洗礼的夜晚结束了。

此时，在馆内发生的这些“事件”，最终在众人面前呈现出了异常的形态。

耸立在建筑物西北角的“塔”的下面——环绕在塔四周的走廊一端有一扇黑色的大门。眼下，这扇大门敞开着，里面是一间狭小的铺着石阶的小屋，结实又宽敞的石阶向地下延伸。

走下石阶后，出现在眼前的是一间大煞风景的地下室。昏黄的煤油灯随风摇曳，四面是灰色的水泥墙壁，一侧的墙边摆放着洗衣机和大型烘干机，还有堆满衣物的筐子。天花板上随处可见各种管道……

昏暗的地下室里聚集了六名男女。

五个男人，一个女人。

其中一个男人坐在轮椅上。把手搭在轮椅上、身穿白色丝质睡衣的是一位美少女。两个男人站在她的左右，仿佛是她的保镖。在他们四人身后还有两个男人。这些男人都是在睡衣上随便罩了一件外套。

“谁来？”轮椅上的男人嗓音沙哑地问道。宽松的睡袍裹在他瘦削的身体上。即使已经九月了，他依然戴着白色手套，双手交叠着搭在腹部，“谁来打开那个盖子？”

也许是出于紧张，他含混不清的声音瑟瑟发抖，脸上看不见任何表情。关键是，他的脸上戴着一个平板式的白色橡胶面具。

少女身边一个有啤酒肚、红脸庞的中年男人缓缓走上前去。

他站在“那个”前面——房间尽头靠墙的焚烧炉，捡起扔在地上的一根铁制烧火棍。就在这一瞬间——

“啊！”他的嘴里发出了仿佛被人卡住喉咙般的声音，扔掉手里的铁棍一屁股坐在地上。

“怎么了，大石先生？”轮椅上的男人问道。

“这，这个……”红脸男子坐在水泥地板上，指着烧火棍附近。

少女发出一声短促的尖叫。

“由里绘，”轮椅上的男人回过头说，“你别看了，快出去。”

“由里绘小姐，走吧。”

少女身边的另外一个男人——和红脸男子形成鲜明对比，这是一个清新俊逸的白净男子——伸出双手环绕着少女纤细的肩膀，催促她离开。少女怯生生地点点头，退到楼梯口附近。一头及腰的乌黑秀发轻轻晃动，亭亭玉立的身体此时却无力地缩在一角。原本站在后面的两名男子——戴黑框眼镜的小个子男人和不苟言笑的大个子男人——走到少女面前，遮挡住她的视线。

看到这里，白净男子走到坐在地上的红脸男子身旁，目光落在地板上。

“三田村，那是什么？”轮椅上的男子问道。

“先生，您大概也看清楚了，”白净男子的声音带着金属的质感，“是手指，人的中指或无名指。”

轮椅上的“先生”转动车轮向那边移过去。这个宛如青虫尸骸的物体——断面很不自然的根部黏着一团红黑色的东西。

“切口还很新，应该被切下来不到两个小时。”

“可是，这到底……”

“这个嘛……”白净男子跪在地板上，仔细观察地板上的手指，“这个——上面有戴过戒指的痕迹，很深的痕迹。”

“啊……”轮椅上的“先生”把手指伸进面具孔里，用力按住自己的眼皮，“是正木。”

“是啊，我想也是。”白净男子站起身，右手摆弄着自己左手无名指上的金戒指，“应该是正木先生的那个猫眼戒指。”

“那么，正木果然被他杀死了吗？”

“啊，很难说。”

坐在地板上的红脸男子总算站了起来。

“藤沼先生，那么这里面……”

轮椅上的男子不置可否地摇了摇头。

“打开看看。”

“这，这个……”

红脸男子连连后退，脸上的肥肉不停地抖动。白净男子看到他这副尊容，耸了耸肩，捡起了地上的铁棍。

“我来吧。”他嘴里说着，站在了焚烧炉前面。

这是一个小型的焚烧炉，立在水泥底座上的银色外壳因为污垢而不再光鲜，齐着白净男子眼睛的高度有一个相同颜色的烟囱从里面伸出来，笔直地穿过地下室的天花板，一直延伸到外面。

眼下——

铁箱里传来火焰的燃烧声。天刚蒙蒙亮，不可能有人焚烧垃圾，然而……

男子手握铁棍伸向焚烧炉的铁门。铁棍“铛”的一声撞击在炙热的铁板上后，前端弯曲的铁钩随即钩住了门的把手。

门向外打开了，里面是熊熊燃烧的火焰。

“呃……”

臭气扑面而来，在场的所有人不禁捂住鼻子，当中还有人几乎恶心得要吐。

这是燃烧蛋白质的臭气，所有人对发出臭气的源头都已经心中有数。

“正木……”轮椅上的男子痛苦地低吟了一声，“怎么回事？”

白净男子把铁棍伸进焚烧炉，透明的赤焰中，隐约可见几个黑影。

男子强作镇定，在里面搜索，紧握铁棍的手却瑟瑟发抖。片刻之后，铁棍钩到了一样物体，他试图把它拖出焚烧炉。

“哇！”

他惊呼着倒退一步。炉里另一样东西被拉出来的物体一碰，意外地滚了出来。

地下室凝重的空气被数声惊叫划破。

“啊！”男子看着滚落到灰色水泥地板上的东西，瞠目结舌，“太惨了……”

那是一颗人头，已经被烧焦，冒着白烟，头发早就被烧光了，眼睛、鼻子和嘴也失去了原来的形状。

男子手里的铁棍钩出另一个物体。

“这是手臂。”男子喃喃低语，将它抖落在旁边的铁桶里。

的确是手臂。和刚才的人头一样，早就变形了。这应该是人的左臂。值得注意的是，手指少了一根，从拇指数过来的第四根——无名指。

焚烧炉内燃烧的是一具尸体，头部、躯干、双臂、双腿——整个尸体被切成了六个部分。

暴风雨过后的黎明。

发生在馆内的“事件”在他们面前展露了最终的“形态”。

从“塔”里不幸坠落的女人，被偷走的画，神秘消失的男子以及追踪这个男子却被分尸，并且在焚烧炉里被烧焦的男子。

随着风雨的平息，这个夜晚的“事件”以这种解决方式告一段落。

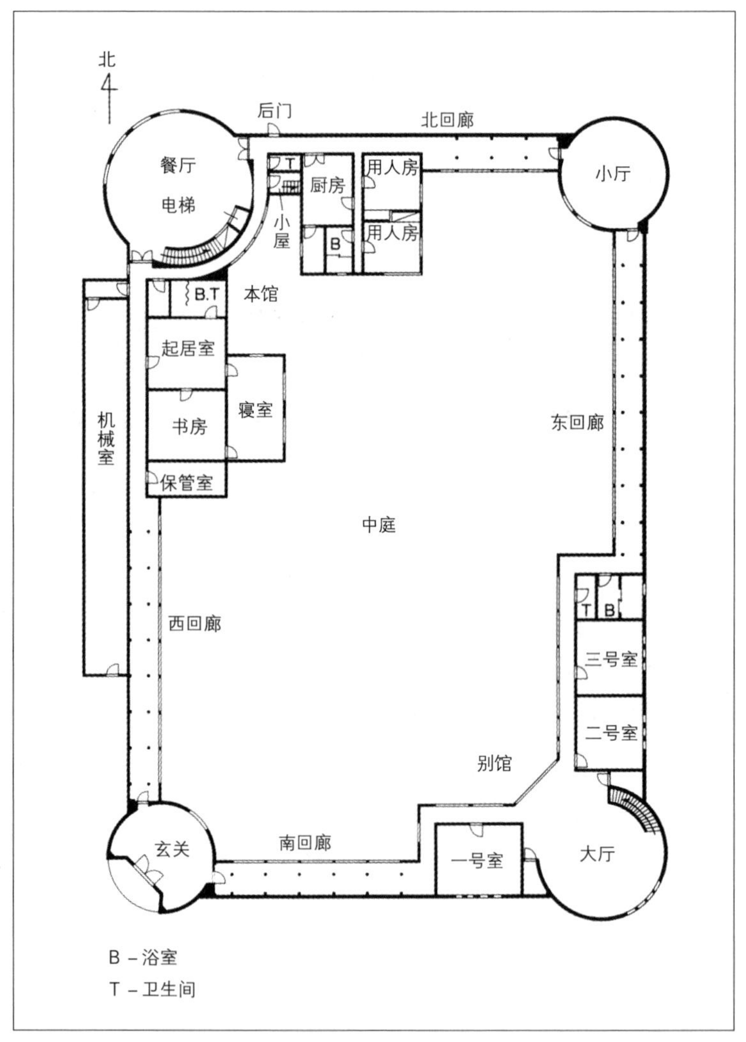
北
后门
北回廊
餐厅
电梯
T
厨房
用人房
小厅
小
屋
B
用人房
B.T
本馆
起居室
寝室
机
械
室
书房
东回廊
保管室
中庭
T
B
西回廊
三号室
二号室
别馆
玄关
南回廊
一号室
大厅
B – 浴室
T – 卫生间

图一 水车馆平面图一层

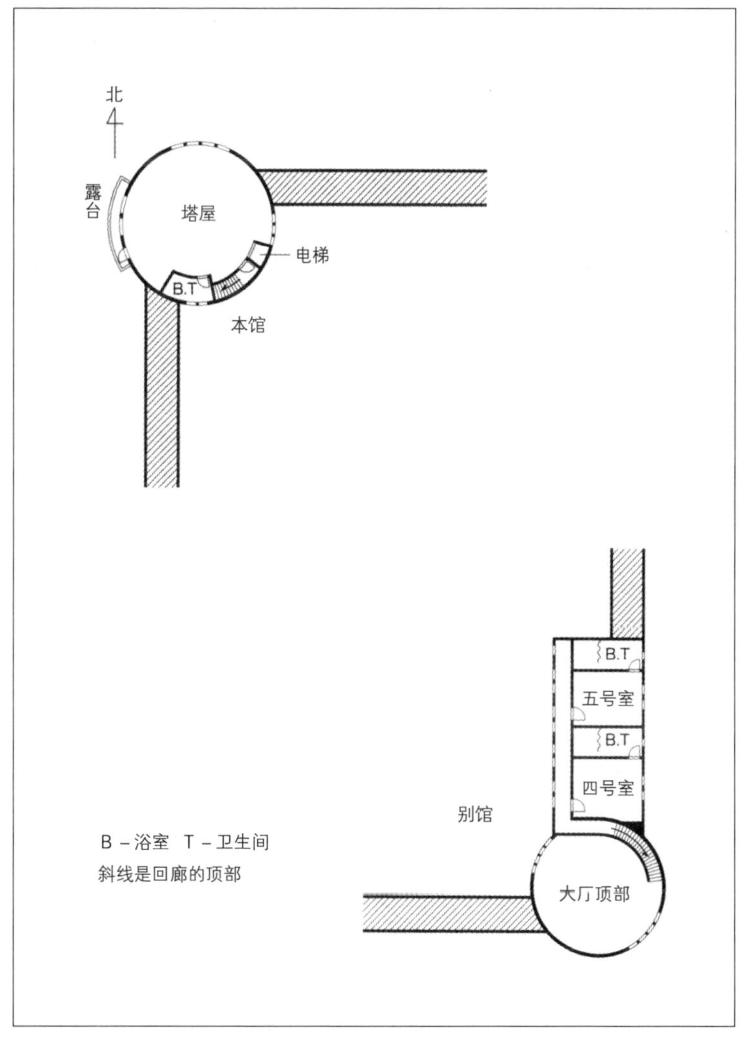

图二 水车馆平面图二层

出场人物（括号内的数字为一九八五年九月时的年龄）

藤沼一成	已故画家，被称为幻视者，留下巨额财产。
藤沼纪一	藤沼一成的独生子，手脚和脸部因事故受伤，戴着面具隐居于水车馆。（41岁）
藤沼由里绘	纪一的少妻。一成的弟子柴垣浩一郎（已故）的独生女，住在塔屋内的美少女。（19岁）
正木慎吾	纪一的朋友，曾经师从一成。经过长年的放浪生活后，寄居在水车馆。（38岁）
仓本庄司	水车馆的管家。（56岁）
根岸文江	住家女佣（以前）。（45岁）
野泽朋子	通勤女佣（现在）。（31岁）
大石源造	每年到水车馆拜访一次的美术商。（49岁）
森滋彦	每年到水车馆拜访一次的M大学美术史教授。（46岁）
三田村则之	每年到水车馆拜访一次的外科医院院长。（36岁）
古川恒仁	每年到水车馆拜访一次的藤沼家庙菩提寺副住持。（37岁）
岛田洁	不速之客。（36岁）

第一章　现在——

（一九八六年　九月二十八日）

藤沼纪一的卧室（上午八点三十分）

像往常一样，我醒了。

朝向中庭的东边窗户上挂着米黄色的窗帘，明媚和煦的阳光照进室内。耳边传来山间小鸟清脆的叫声和潺潺的流水声，当中混杂着在楼西面不停转动的水车声——这是一个安详的清晨。

九月以来，每天都风和日丽。昨天晚上的新闻报道台风正在靠近，受其影响，中国部分地区在二十八日下午将开始下雨。也就是说，今天早上是暴风雨前的宁静。

我在宽大的床上缓缓坐起身。

早上八点三十分。

墙壁上的时钟显示着与平时起床时一样的时间。

我靠在床头，伸手从床头柜上拿过来用了多年的石南根烟斗，装上烟叶。不一会儿，香气伴随着乳白色的烟雾缓缓溢出。

“台风啊。”我自言自语，内心很厌恶自己沙哑的声音。

一年前的今天，九月二十八日，那天的清晨和今天如出一辙。

新闻里也报道强力台风正在逼近，而最终那场疾风骤雨果然如约而至。

一年——

已经过了一年——距离那个充满血腥的暴风雨之夜。

我含着烟斗沉思了片刻，思绪回到了一年前的那个夜晚。那天发生的种种，以及随后……

我瞥了一眼房间角落里的那扇门。赤铜色的门把手，深褐色的红木门板，这扇通向书房的门再也没有开启的那一天了——

我的身体猛然一震，深入骨髓的战栗从胸口汹涌而出，延伸到脊椎。

八点四十五分。

不一会儿，床头柜上的电话响了，轻轻的电话铃声宣告了今天的开始。

“早上好，老爷。”

电话里传来的是管家仓本庄司浑厚的男中音。

“早餐很快就准备好了。”

“谢谢。”

我把烟斗搁在烟斗架上，开始换衣服。脱下睡衣换上衬衫和长裤，外面披上一件外套……一切就绪后，我戴上白色手套。最后是脸。

面具。

这个面具象征现在的我——藤沼纪一生活的全部，人生的全部。

面具。

没错，我没有脸。我每天都戴着面具生活，隐藏自己狰狞的真面目。这个白色面具是模仿馆主人原本的相貌制成，仿佛被吸附在肌肤上的一层橡胶，毫无生气地罩在原本鲜活的脸上……

八点五十五分。

我的右侧——书房门对面的一扇门后响起了敲门声。这扇门通向客厅，她——由里绘和往常一样，微笑着走进来，拯救我这颗孤独彷徨的心。

“早上好。”她用备用钥匙打开门走了进来，雪白的连衣裙令人眼前一亮。

“请用咖啡。”从她粉红的唇间吐出银铃般的声音。

我从床上挪到轮椅上。

由里绘静静地看着我，在推来的小车上把壶里的咖啡倒进杯子。我戴着没有表情的白色面具迎接她的目光。

“已经过了一年了。”她轻声低语，等待我的回音。

“谢谢你的咖啡。”我拿过咖啡杯，顾左右而言他。

一年——貌似平稳度过的这一年。

位于山间的这个地方仍然与世隔绝一般宁静。山谷间的河水清澈见底，三架水车永不停息地转动着。我和由里绘，还有仓本，寂寞地生活在这里，除了通勤女佣，平时没有一个客人上门。

一切都是老样子——在外人看来如此，我却知道其实发生了翻天覆地的变化。

毋庸置疑，这一切都源自去年那件事。

两个死去的男女，一个就此销声匿迹的男子……这一切想必都对由里绘产生了巨大的影响，也许是永远无法抹去的伤害。

我默默地喝着咖啡，眯起眼睛，透过面具凝视由里绘。

由里绘——我唯一深爱的女人，她在这个塔里度过了孤独的少女时代……

她小巧玲珑，身高不过一米五，冰肌如雪，香鬓如云。

她确实变了。朦胧的眼眸中有了某种东西，早上亲自泡好咖啡并来房间里陪伴我，有时候走出“塔”门在山间戏水。简而言之，她学会了积极地表达自己的感情。

在各种意义上来说，她变了。

我应该为她的变化感到喜悦吗？

“你今天很漂亮，越来越美了。”

她低下头，羞红了脸。

“今天下午他们又要来了——不怕吧？”

沉默了一会儿，她把小手搭在我的肩膀上，少女的香甜气息混杂着烟草和咖啡味扑面而来。

“有一点。”她开口回答，“不过没关系。”

“别担心。”我温柔地安慰她，“事情已经过去了，今年不会再出事了。”

（——果真如此吗？）

果真再也不会发生不测吗？

我扪心自问，不由地摇了摇头——猛烈地，更加猛烈地。

对，再也不会出事了，再也不会了……只要一年前消失的那个男人不变身为幽灵在馆内徘徊。

我和由里绘面对面，默然无语。

（她在这个白色面具上看到了什么？）

我茫然地猜想着，从她的表情里看到了无法掩饰的不安。

“等一下弹琴给我听。”

由里绘对我的要求莞尔一笑。

餐厅（上午九点三十分）

“下午的准备做好了吗？”我问管家仓本庄司。

这是位于塔一楼的餐厅，这个宽敞的圆形大厅有两层楼高。我和由里绘在大厅中央的圆桌边吃早饭。

“是的。”身穿深灰色三件套西服的仓本在由里绘的杯子里又倒满了一杯咖啡后，立刻回应我。他端着托盘，毕恭毕敬地转过身来。“我已经收拾好了‘别馆’一楼的一号室到三号室，给客人们使用。下午两点客人们抵达以后，三点在那边的大厅喝下午茶，晚上六点在这里用餐……我打算和往年一样，您看可以吗？”

“你看着办。”

“是。”

仓本身材魁梧，花白的头发梳成背头，宽阔的四方额头下是眯成一条缝的眼睛，鼻子下面是光泽暗淡的厚嘴唇。他年近六十，皱纹密布的脸上从来看不到一丝笑容，响亮的男中音也如同他的脸色一样冷漠，甚至让人感到一丝寒意。

然而，正因为如此，如今在日本已经不再使用的“管家”一词才和他的形象浑然一体。他顺应主人的意思，默默地打理家中的所有杂事，从不掺杂自己的情感——这是一项才能，是他与生俱来的才能。

“老爷，”仓本站得笔直，“昨天晚上您回房间后，有电话找您。”

“噢？找我？”

“是。不过对方说不用特意惊动您，所以我就问了有什么事。”

“什么事？”

“这个——”仓本迟疑了一下，“是新村警官打来的。”

新村是冈山县警察局搜查一课的警部，去年参与调查了发生在这里的那起事件。

“他说今天有一位男士也许会来拜访。”

我疑惑不解。

“新村先生说是他在九州大分县警局一个熟人的弟弟，据说是个怪人。”

“他来做什么？”

“他似乎对去年的那起事件兴趣浓厚。昨天突然找到新村先生刨根问底，问了这里的地址后就说‘明天前去拜访’。新村先生说可能会给我们添麻烦，但是又不能怠慢朋友的弟弟，所以再三请我们帮忙。”

“唔。”我点燃烟斗，“他叫什么名字？”

“听说姓岛田。”

陌生的名字。我从不欢迎陌生的访客，否则怎么会愿意戴上面具，住在这个前不着村后不着店的荒山野岭呢？

素未谋面，连名字都没有听过的人，偏偏对去年的事件感兴趣……

“请问如何是好？”

“叫他回去。”

“知道了。”

我和由里绘再也不愿意回忆去年的事件。这一年以来，我们拼命从心里抹去有关那个夜晚的记忆，不让它威胁我们平静的生活。

然而，就算没有岛田这个人的来访，我们在今天也要做好心理准备。九月二十八日，他们——大石源造、森滋彦、三田村则之前来造访的今天。

回廊（上午九点五十五分）

由里绘推着我的轮椅离开了餐厅。

“回房间吗？”

我摇了摇头，对她说想沿着回廊转一圈。

从右边的窗玻璃看出去，外面是一个日本风格的庭院，我们在塔四周的回廊上前行。

炫目的阳光照射在灰色地毯上，形成斑驳的剪影。庭院中央椭圆形的水池里波光粼粼，铺着白色细沙的小径上散布着开败了的花丛……

走过窗户，右边出现了一扇门，里面有一道楼梯，直通地下室。

我下意识地移开视线，不愿回忆起让人毛骨悚然的往事。由里绘也一样。

——就在这时，门从里面被拉开了，轮椅上的我不由得一惊。

“啊，早上好。”

从里面走出来的是野泽朋子，一个大约三十岁的女人。

她从去年开始在这里帮忙，每个星期有三天从城里过来，晚上再回去。不过，昨天晚上我们特意请她留宿在这里。

她身穿围裙，手里拎着一个洗衣筐，低下头站在原地，让我们先过去。

她是一个沉默寡言的人，和截止到去年今天住在这里的女佣根岸文江正好相反。她和仓本有一个共同的优点——从不多嘴，只做自己的事。可是，对她过于内向的性格我并不欣赏。她还有一点和仓本一样，就是不知道她内心在想什么，这一点令我心烦意乱。例如，她到底怎样看待我们这一对住在这个古怪地方的老夫少妻呢？

“老爷，请问——”她少有地主动和我搭腔。

“嗯？”

“这间地下室……”

“怎么了？”

“那个，我一直不知道当讲不当讲，我觉得很恐怖……”

这也难怪，知道去年在地下室里发生了什么之后，谁都会觉得很恐怖。

我抬起手，打断了朋子。

“已经换了新的焚烧炉，其他地方也打扫干净了。”

“啊，是的，我知道。可是……而且，那里常常有一股怪味。”

“怪味？”

“嗯，很难闻。”

“是你多心了吧？”

“啊，可是，我还是觉得……”

“不要再说了。”听到身后的由里绘惴惴不安地叹息了一声，我厉声制止了朋子，“你去找仓本吧。”

“好，打扰了。”

朋子逃似的离开以后，我回头安慰由里绘：“别胡思乱想。”

“是。”她轻声回答了一句，推着我的轮椅继续前行。

右转后沿着外墙一直来到宅院的东北角，我们把这里称为“北回廊”。

经过厨房和用人房以后，北回廊面向右边的中庭的一侧，宽度增加了一倍。铺设着灰色地毯的走廊笔直延伸到尽头的一扇门前。地板上铺了木制马赛克，墙上等距离排列着面向中庭的窗户。

左边的墙上挂着一排大小不等的画框，其中有很多油画——藤沼一成这个天才用心捕捉到幻象中的风景，将其描绘在画布上。

今天又有三个男人不远千里来到这里欣赏油画，并且都想要把这些画弄到手。这个家每年只有一天有人来访，那就是九月二十八日——一成的忌日。

说到忌日，今天也是根岸文江遇难的日子。而明天，二十九日——是藤沼一成的弟子正木慎吾离开人世的日子……

“我让仓本在餐厅摆上几盆花吧。”我忽然开口说。

“花？”由绘里愕然地问道，“为什么……”

“悼念故人。”我小声回答，“尤其是纪念他——正木慎吾。”

“不要这样说——”由绘里忧郁的眼眸直视着我的白色面具，“请不要说这么悲伤的话。”

“悲伤吗？”

我自嘲地歪了歪嘴，思绪无法逃避地回到了一年前。

第二章　过去

（一九八五年　九月二十八日）

藤沼纪一的卧室（上午八点三十分）

像往常一样，他醒了。

朝向中庭的东边窗户上挂着米黄色的窗帘，明媚和煦的阳光照进室内。耳边传来山间小鸟清脆的叫声和潺潺的流水声，当中混杂着在楼西面不停转动的水车声——这是一个安详的清晨。

九月以来，每天都风和日丽。昨天晚上的新闻报道台风正在靠近，受其影响，中国部分地区在二十八日下午将开始下雨。也就是说，今天早上是暴风雨前的宁静。

他在宽大的床上缓缓坐起身。

早上八点三十分。

墙壁上的时钟显示着与平时起床时一样的时间。

他靠在床头，伸手从床头柜上拿过来用了多年的石南根烟斗，装上烟叶。不一会儿，香气伴随着乳白色的烟雾缓缓溢出。

三天前开始的感冒痊愈了，因为烟草已经恢复了原本的香味。

他坐在床上吞云吐雾，缓缓地闭上双目。

九月二十八日——这一天又到了。今天下午，大石源造、森滋彦、三田村则之和古川恒仁这四位客人又会如约而至。

他们每年一次的来访，对隐居在山间的他来说并不是一件值得高兴的事，甚至造成了很大的困扰，这是他的真实想法。然而——

另一方面，他又对自己的这种情感持否定态度。他可以拒绝他们的来访，但是多年以来没有拒绝的原因是出于一种类似赎罪的感情。

（无论如何——）

他紧闭双眼，干燥的嘴唇间吐出一声叹息。

（他们今天又要来，既然肯定要来，那也没办法。）

他并不打算分析自己复杂的心理，对他们的来访既感到难以应付，又暗自期待——仅此而已。

八点四十五分。

床头柜上的电话响了，轻轻的电话铃声宣告了今天的开始。

“早上好，老爷。”

电话里传来的是管家仓本庄司浑厚的男中音。

“您身体怎么样？”

“啊，已经好了。”

“早餐很快就准备好了，请问您来用餐吗？”

“我现在就去。”

他把烟斗搁在烟斗架上，开始换衣服。脱下睡衣换上衬衫和长裤，外面披上一件外套……一切就绪后，他戴上白色手套。最后是脸。

面具。

这个面具象征十二年来的他——藤沼纪一生活的全部，人生的全部。

面具。

没错，他没有脸。他每天都戴着面具生活，隐藏自己狰狞的真面目。这个白色面具是模仿馆主人原本的相貌制成的，仿佛被吸附在肌肤上的一层橡胶，毫无生气地罩在原本鲜活的脸上……

八点五十五分。

卧室的门上响起了敲门声。

听到他回答“请进”，一个身材矮胖、系着白围裙的中年女人用备用钥匙打开门，走了进来。

这是住家女佣根岸文江。

“我拿药来了，您感觉怎么样？——啊，您已经换好衣服了！今天不系领带吗？哎呀，您又在抽烟啊！对身体可不好哦，真希望您听一听我的劝告。”

文江四十五岁，比他年长四岁，看上去并不显得十分苍老。她皮肤黝黑，下巴宽大，一双大眼左顾右盼，说起话来像连珠炮似的。

他戴着没有表情的白色面具听她说完，用手撑着要从床上起身。文江赶忙上前扶他。

“我一个人没问题。”他哑着嗓子拒绝文江的帮助，把瘦削的身体挪到轮椅里。

“吃药吧。”

“不吃了。”

“不行，不行，慎重起见最后再服一天药。今天有客人要来，您更要处处留心。”

无奈之下，他把文江递过来的药丸塞进了嘴里。

文江心满意足地把手搭在轮椅背上。

“今天还不能洗澡，观察一天，看看情况吧。”

真烦人，他暗自思忖。真不想被她管头管脚。做过护士的文江一碰到和健康相关的问题就变得特别啰唆。

文江性格爽朗，喜欢照顾人。她有过一次失败的婚姻，却看不见这次经历给她带来的阴影。她态度和蔼，从家务事到照顾他的沐浴以及身体其他方面，把所有的一切都打理得井井有条。不过，虽说不用像仓本那样成为一个时刻和主人保持距离的“机器人”，但是他由衷地希望文江能少说几句，安静一点儿。

“去用餐吧。啊，您不能带烟斗去，放在这里吧。好了，走吧。”文江推着轮椅走出卧室，“小姐和正木先生已经在餐厅了。”

“由里绘也在餐厅？”

“嗯。最近小姐比以前活泼多了，真为她高兴。老爷，最近我常常想，小姐多出去走走会对她更好。”

“什么？”他回过头瞪着文江，白色面具下的脸不悦地板了起来。

“对不起，我多嘴了。”

“——没关系。”他垂下肩，又转向前方。

塔屋（上午九点四十分）

吃完早饭，藤沼由里绘独自回到塔上的小屋。

她是个宛如从漫画书中走出来的、不食人间烟火的美少女——娇小的脸庞上是秋水般的双瞳、玲珑的瑶鼻和如点绛般的朱唇，肌光胜雪，青丝如绢……

由绘里年方十九，明年春天就满二十岁了，已经到了不适宜被称为“少女”的年纪。然而，她娇小的身体里完全感觉不到“女人”

的成熟，郁郁寡欢的神情让人觉得楚楚可怜。

美少女。只有这个称呼才适合她。

身穿浅黄色罩衫的由里绘靠近白色的窗户，茫然若失地眺望窗外的风景。

蜿蜒的群山间流淌着一条墨绿色的河流，深灰色的阴云在天空中缓缓地扩散开来。

随着深秋的来临，绿色的树木就要开始变色了吧？冬天到来之后，山谷里的一切——从这座塔上看下去——将变成白茫茫一片。在这个房间里，已经经历了几次季节更替呢？

这是一个圆形的大房间，由于楼下的餐厅有两层楼高，所以这里相当于三楼。

墙上贴着高雅的银灰色墙纸，地上铺着浅色长毛地毯，高高的天花板上悬挂着豪华水晶吊灯。

尽管在白天，室内也略显昏暗，因为窗户相对于宽敞的房间而言，显得太小了。

由里绘离开窗边，在房间深处的大床上坐了下来。

房间南侧的圆弧被一堵墙截断，墙上的两扇门分别通向楼梯平台和盥洗室。左侧的那扇褐色铁门是生活在轮椅上的主人的专用电梯。

室内摆放着富丽堂皇的家具——衣橱、梳妆台、书架、沙发、三角钢琴，墙上挂着几幅画，都是藤沼一成描绘的幻想中的风景。

她在这里生活了十年。十年来，她一直生活在这个山谷中的这座建筑内的这间塔屋里。

十年前——由里绘当时九岁，上小学三年级。

在那之前两年，一九七三年十月，她的父亲柴垣浩一郎英年早逝，时年三十一岁；母亲在生下第一个孩子由里绘时就离开了人世——她成了一个无依无靠的孤儿。

父亲去世时的回忆依稀留在她的脑海里。

冰冷的白色病房、散发着药味的病床、剧烈咳嗽的父亲、染红了床单的鲜血……几个身穿白大褂的人把她拖出了房间。然后……

接下来的记忆是她在一个温暖的怀抱里泣不成声。她认识这个抱着自己的人，是父亲病倒之前就经常来家里的“藤沼叔叔”。

由里绘随后就被藤沼纪一收养了，这是浩一郎在知道自己将不久于人世后对纪一的嘱托。

藤沼纪一是柴垣浩一郎曾经的恩师——画家藤沼一成的独生子。

由里绘被收养后没多久，纪一遭遇了一场车祸，脸部和四肢受到重创。他离开家乡神户，在这个山谷里建了这座风格独特的房屋。由里绘也被他一起带到了这里。

以后的十年，由里绘几乎过着与世隔绝的日子。这个馆，这个房间，从窗口看到的风景——就是她知道的全部世界。她不再去学校，也没有朋友，甚至不看电视和杂志，对同一片天空下的同龄人过着怎样的生活一无所知。她就这样生活了十年。

少女的唇间哼响了哀伤的旋律。她从床上站起来，径直走到钢琴前面。

纤细的手指落在键盘上，配合着嘴里的曲调，她试着弹奏起来。

德彪西的《亚麻色头发的少女》。这是半年前开始寄宿于此的纪一的朋友——正木慎吾教她弹的。

这首曲子很短，凭着模糊的记忆弹完之后，由里绘来到房间西侧的露台上。

外面的空气十分潮湿。温热的南风自下而上吹乱了她的秀发。

也许是出于心理作用，流淌在塔下的水声以及随着水流转动的水车声听起来似乎比平时急促。

由里绘的嘴唇颤动起来，然而这一次并没有发出旋律。

“太可怕了！”

这是她十年来一尘不染的心底里第一次感到恐惧。

前庭（上午十点十分）

三个直径五米的巨大车轮永不停歇地转动着。

哐当、哐当、哐当……

水声轰鸣地冲击着黑色车轮叶板。

这架三连水车紧邻房屋西侧，它的气势甚至让人想到蒸汽火车。

头戴白色面具的主人藤沼纪一推着轮椅来到铺着石板的前庭，从正面眺望这栋造型独特的建筑。一个瘦削的男人抱着双臂站在纪一身边，他身穿褐色长裤，配一件深灰色衬衫。

“藤沼先生，我总是忍不住想，”男子松开手臂说，“这个水车，简直像……”

男子说到这里，看了一眼沉默不语的纪一，似乎期待他有所反应。

“简直像什么？”白色面具里传出一个沙哑的声音。

“你住的这栋建筑，简直像——怎么说呢，抗拒着时间的流逝，永远不停地转动，却让这个山谷中的一切都好像静止下来。”

“唔。”轮椅上的纪一缓缓地抬起头，看着这个男子，“你还是老样子，像个诗人。”

他说出这句话之后，发出了苦涩的叹息。

（是谁让诗人的人生变成现在这样的呢？）

这名男子叫正木慎吾，是藤沼纪一的老朋友。两人都出生于神户，他比纪一年轻三岁，今年三十八。两人在大学的美术研究会上相识，交往至今。

纪一很早就明白自己缺乏父亲那样的才华。高中毕业后，他进入神户的一所私立大学，就读于经济系。毕业后他依靠父亲的支持，开始经营不动产，成了一名成功的实业家。

另一方面，正木在艺术上颇具天分，却遵从父亲的意愿在法学系学习，准备参加司法考试。大学二年级时，他的一部作品偶然被藤沼一成看到，获得高度评价，从此决定走上另一条人生道路。他不顾在大阪担任会计师的父亲的反对，中途退学，重新参加考试，考入美术大学，跟随一成立志成为一位优秀的画家。

太讽刺了。纪一暗自思忖。

（天才幻想画家的独生子是个实业家，会计师的儿子却是画家……）

当年，纪一对此感慨万千。

纪一本身缺少绘画才能，却对自己的赏画能力非常有信心。在他看来，正木在绘画的道路上一定会取得辉煌成就，相比在同一时期师从一成的柴垣浩一郎，两人的能力简直可以说有云泥之别。正木比恩师一成更有想象力，画风独立奔放。再进一步说，与一成陶醉在自己的幻想世界之中不同，正木的作品具有强烈的现实性。纪一从他的作品中看见了一个年轻的诗人。

（然而……）

然而，那天——十二年前的那个冬夜发生的事故，改变了正木和纪一的人生。

在那之后的十余年里音信全无的正木慎吾，在今年四月突然来到这里求纪一帮忙。

他希望纪一让他在这里住一段时间，并让纪一不要追问理由。

纪一立刻意识到正木已经走投无路了。大阪的双亲已经去世，他无家可归；而且，正木形迹可疑，或许闯下了什么大祸，正在被警察通缉。纪一虽然有些担心，却依然答应了他的请求，从来没想过拒绝。

“听文江说，今天由绘里的精神好了很多。”藤沼纪一抬头仰望耸立在左前方的那座“塔”，“多半是你的功劳。”

“我的？”正木诧异地反问。

纪一平静地点点头。“由里绘似乎很喜欢你。”

“看起来，重新开始练习钢琴对她来说是一件好事。她从五岁就开始弹钢琴了吧？”

“她从父亲病倒以后就没弹了，所以时间不长。”

“她弹得很好，已经有了基础，教起来也很轻松。”

“这真是太好了，可是……”

“藤沼先生，你不会……”

“呃？”

“你不会在胡思乱想吧？”正木摸着鼻子下的胡须呵呵一笑，“失礼了。”

“你笑什么？”

“没什么，我想你是由里绘小姐的丈夫，会不会对我起了疑心。”

“一派胡言。”

纪一在面具下对朋友怒目而视。正木是一个仪表堂堂的男人，一头乌黑的短发显得朝气蓬勃。然而，他面容憔悴，目光也失去了往日的神采。

“没关系，藤沼先生。”正木泰然自若地摇头否认，“你不用担心。”

“什么？”

“不用担心。因为我怎么也没办法把她当作‘女人’，就像对于你这个丈夫来说，她永远都不可能是‘妻子’一样。”

纪一咬着干燥的嘴唇，无言以对。

“由里绘是个孩子，是个小孩，而且，或许以后一直都是。”

“以后一直都是？”

纪一把视线从朋友脸上移开。

“由里绘把自己封闭起来了。自从十二年前她父亲去世，住进这里以后的十年来，她一直都是这样。”

“可是……”

“我明白，都是我的错。我把她关在这里——那座塔上，不让她对外面的世界产生向往。”

“你有罪恶感？”

“如果说没有，我是在骗人。”

“我并不想对这件事说三道四。”正木从衬衫的胸前口袋里掏出被压扁了的烟盒，“我理解你的心情。”

“你说什么？”

“藤沼先生，我认为，对于你来说，由里绘小姐和一成大师留下来的艺术品是一样的吧？你大概是想把她封闭在藤沼一成描绘的风景之中吧？”

“啊……”纪一发出喘息声，“你不愧是个诗人。”

“我不是诗人。”正木耸了耸肩，把香烟叼在嘴里，“即使曾经是，也是十多年前的事情了。”

尽管正木装作满不在乎，纪一还是深切地体会到了隐藏在他内心深处的遗憾。

（十二年前的那起事故……）

（然而，说到遗憾，我又何尝不是呢？）

哐当、哐当……

永不停歇的水车声和那天晚上发生事故时毁灭一切的声音重叠在一起。

藤沼纪一不由得伸出戴着白色手套的双手，捂住耳朵。

“好像要变天了。”正木抬头看着天空，换了一个话题，“下午果然要下雨了。”

这栋房屋被石墙包围，让人联想到欧洲的古城堡。那座“塔”同样是由红褐色的石块建造而成。遮天蔽日的乌云从塔那边黑压压地涌过来，整个建筑一下子被笼罩在阴影之中。

第三章　现在——

（一九八六年　九月二十八日）

前庭（上午十点四十分）

出了位于西南角的大门，一个铺满石板的阶梯结构庭院以扇形呈现在左手边——也就是房屋的东侧。黄杨树围成了低矮的篱笆，把纵深为三米左右的台阶分割开来。庭院四周是一圈郁郁葱葱的杂树林。所有的一切看起来都显得阴沉诡异，甚至弥漫着一股杀意。

由里绘推着轮椅走下斜坡，经过右边水渠上的小桥，沿着石板路走向房屋的右侧。

哐当、哐当……

水流冲击着黑色的车轮叶板。

我们停下脚步，从正面打量这个直径五米、不停转动的三连水车，然后走下身后的石板坡，来到溪涧的林荫小道上。

冈山县北部——从距离这里最近的 A 市坐公共汽车，在崎岖的山间小路上开一个小时，才能来到这座“水车馆”——也有人根据馆主诡异的模样，把这里称为“面具馆”。

哐当、哐当……

像今天这样看着转动的水车，倾听它发出的声音，已经成了我每天都要做的事。这个时候，我会闭上双眼，让自己的内心世界安静下来。

哐当、哐当……

——和平日一样。

周围的树林被风吹得沙沙作响，眼前的水渠和脚下的溪流清澈见底。

哐当、哐当……

水车发出沉重的声音，仿佛赋予了这栋建筑生命。

这个山谷就这样把我——也许还有由里绘——的余生完全封闭在静止的空间里。

“由里绘。”听到站在轮椅边的由里绘长长地叹息了一声，我回头呼唤她的名字，“怎么了？身体不舒服吗？”

“不是。”由里绘轻轻地摇了摇头，“只是有点儿寂寞。”

“寂寞？”我第一次从她嘴里听到这个词，“是因为住在这里，所以寂寞吗？”

“我也不清楚。”她把目光投向左前方的“塔”，脸色苍白，随即又泛起红晕，“对不起，我说了不该说的话。”

“没关系。”

我心情沉重，反复思索着她所说的“寂寞”。

我对她的孤独心知肚明。从小父母双亡，以后的十多年间独自居住在这个馆里。她没有一个朋友，没有去学校读书，没有进过城。她的阅读范围非常有限，直到去年为止，甚至没有看过电视。

我也曾考虑过把她从这个与世隔绝的时间和空间中解放出来，然而时至今日，这又怎么可能呢？

由里绘默默地抬起头，注视着常年以来封闭着自己的那座“塔”。我从她的侧脸依稀看到了她父亲柴垣浩一郎的模样。

柴垣浩一郎是藤沼一成的弟子。他勤学苦练，拥有炉火纯青的绘画技巧，却无法表达出自己的情感——画出来的作品仅仅是对一成的模仿而已。在我看来，早早离世的他留下的唯一杰作，就是女儿由里绘。

哐当、哐当……

水车声使我的回忆从柴垣浩一郎的病故一下子跳到两个月之后的那个夜晚。

那天晚上——一九七二年十二月二十四日，坐在车上的三个男女分别是藤沼纪一、正木慎吾以及正木的未婚妻堀田庆子。

天寒地冻的圣诞前夜。两个已经订婚的人被邀请到当时还在神户的藤沼家参加晚会，现在正在回家的路上。

那天晚上风雪交加。在滴水成冰的天气里，黑色沥青道路被冻住了。然后……

三架水车声和那天晚上发生事故时毁灭一切的声音重叠在一起。

哐当、哐当、哐当……

我不由自主地想伸出双手捂住耳朵。就在这时，我的身后传来了引擎声。

同一个地方（上午十一点）

“啊——”由里绘回头一看，“红色的汽车……”

我也把轮椅调转方向。两侧郁郁葱葱的树木挡住了视线，但还是能看见坡下的林荫道上停着一辆汽车。

汽车熄火后，驾驶席的车门被推开，一个气宇轩昂的男人走了出来。

“啊，是这里，是这里。”他高声叫道。

男子沿着从树影摇曳的石板路走上来，踮起脚把一只手搭在额头上，抬头向这边看过来。

“您就是藤沼先生吧？”他大声问我。

我没有理睬他。由里绘像个孩子一样握紧了轮椅的扶手。

“啊，这栋房子真气派啊，跟我想象的一样。”

他身材颀长，实际身高也许不足一米八，但因为瘦削，显得远比实际要高。不，与其说高，还不如说是瘦长。

他穿着一条黑色的紧身牛仔裤，上面是一件象牙色夹克衫。他把手插在牛仔裤口袋里，三步并作两步地跑上来了。

“水车馆啊，原来如此，名副其实！”

他在我的身边停下脚步，目光越过我们，凝视着在水渠里转动的水车。

“过了那边的桥就是大门吧？整座建筑被石墙包围……哦？还有一座塔！果然是水车城堡啊！说到水车，很多人都联想到《森林水车》那首歌里唱的小型水车，其实不然，并不都是那样的。当然，也有很多小水车，但我在看到福冈朝仓的大型水车群时，着实被震撼住了。当时年纪小，除了感动，还觉得害怕，黑咕隆咚、怪里怪气的机器——眼看着就要滚到跟前来了。这里的水车跟福冈的比，有过之而无不及啊！而且，主体还是这座西式建筑，让人叹为观止，不愧是中村青司的……”

“中村青司？”

“啊，失礼失礼！光顾着一个人说话了。您是藤沼纪一先生吧？”他笑呵呵地直视着我的脸。虽然是初次见面，他脸上的表情却没有因为我戴着瘆人的面具而有丝毫改变。

“嗯。”我微微点点头，声音沙哑地问道，“你就是岛田吧？”

听我说出他的名字，他似乎有点吃惊，随即又咧嘴一笑。“哦，看来昨天的那个警部已经和您联系过了。哎呀，他好像把我看成可疑人物了。”

接着，他用手轻轻拨了拨微微卷曲的头发，报上了自己的姓名。

“我叫岛田洁。初次见面，请原谅我的冒昧。”

他年近四十，黝黑瘦削的脸颊上有一对凹陷的眼睛，嘴唇很厚，一说话就露出一口白牙。

我仔细观察对方的神情。“听说你对去年发生在这里的事件很感兴趣？”

“嗯，对，可以这样说。”岛田洁窘迫地移开目光，“我并不是来凑热闹的。其实，对我来说，去年的事件并非和我毫无关联。”

“此话怎讲？”

“古川恒仁，您认识吧？”

“这个，我当然认识……”

“去年发生那起事件后，他就销声匿迹了。实际上，我认识他，我们是朋友。”

“什么？！”

“他是高松某个寺院的副住持，对吧？我父亲是大分县一个寺庙的住持，我在关东的一所佛教大学上过学，他是我的学长。”

“哦。”我点点头，看了一眼由里绘。她脸色苍白地低头看着岛田的脚边，仍然紧握着轮椅的扶手。

显然，她现在非常惶恐。情有可原，对面是一个陌生的访客，而且从他口中说出了“古川恒仁”这个名字……

“由里绘，”我对她说，“你先回去，我一个人也能行，没关系。走吧！”

“是。”

“是您的太太吧？”目送由里绘往大门方向走去，岛田发出由衷的赞叹，“怎么说呢，比我想象中的更加漂亮。”

他似乎对我和我家里的情况有所了解。我在面具下很不客气地瞪着他。

他又抓了抓头发，接着说道：“嗯，所以，我听他——恒仁介绍过水车馆。然后就发生了那起事件，我当时简直怀疑自己的耳朵是不是听错了。”

他称呼古川为“恒仁”。

古川恒仁——就是一年前在那个暴风雨之夜猝然消失的男人。他被怀疑偷了一成的画，杀害了正木慎吾，并将其分尸后放在地下室的焚烧炉内焚烧……最后，逃之夭夭。

正如岛田所说，古川是高松某个寺庙住持的儿子，当时是那里的副住持，而那座寺庙就是供奉藤沼家历代祖先的菩提寺。

“藤沼先生，我们打开天窗说亮话。您是怎么想的？”

“什么？”

“您认为去年那起事件的真凶真的是他——古川恒仁吗？”

“你认为还有其他可能吗？”我摇了摇头，一半是在问自己。

“是吗？”岛田微微耸了一下肩膀，凝视着我的白色面具，“可是我总觉得事有蹊跷，有哪里不对……”

“那是因为你是古川的朋友。”

“对，当然有这个原因。在我看来，恒仁性格软弱，有些神经质，无论如何都不可能杀人。嗯，我这样说也缺乏说服力，因为这只是我个人的想法。”

“岛田先生，”我坐立不安，不耐烦地问道，“你来这里有什么目的？你希望我怎么做？”

“我冒犯您了吗？”

“我不愿意重提旧事。”

“我就知道是这样。我还知道您不喜欢家里来客人，至于您为什么要戴着面具生活在山里，我也略知一二。”

“既然如此……”

“对不起。”岛田谦卑地低下头，但马上又抬起双眼，声音里含有让人无法拒绝的魄力，“但是，我不能不来。”

然后，他双手插在有些纤细的腰上，再次抬头仰望耸立在前方的水车馆。“水车馆，应该是十一年前修建的吧？”

“嗯。”

“这条水渠是为了使水车转动而特意引过来的吧？作为个人住所来说，这个工程未免过于浩大。那架三连水车的动力应该是有特殊用途吧？”

我默默地点点头。

他四下张望了一阵，终于有所发现。“啊哈！原来如此！那边是电话线，不是电线啊。也就是说，水车是用来发电的？”

“没错。”

“原来如此，真不得了！”岛田不住地点头，兴致盎然地抬头看着这座宅邸，“中村青司的水车馆……”

他的喃喃自语传入了我的耳朵。中村青司——他刚才也提到了这个名字。

（他知道中村青司？）

我忍不住问道：“你——岛田先生，你怎么知道这个名字？”

“啊，您听到了？”岛田转身面向我，“怎么说呢？我和他有很深的渊源。得知去年发生的事件后，我收集了不少资料，直到最近才发现这座水车馆的设计者是青司。我大吃一惊，感觉一切都是命中注定的。”

“命中注定……”

“这个——嗯，算了，反正总有机会告诉您的。”岛田笑眯眯地说，“对了，藤沼先生，您刚才问我为什么来这里。说实话，我来这里一半是出于偶然。”

“偶然？”

“就是说，并不是为了洗刷恒仁的嫌疑……这不是我从九州驱车来这里的目的。”

“怎么回事？”

“我在静冈有个朋友，我现在是在去看他的路上。昨天到冈山时，偶然注意到今天是九月二十八日。”

“也就是说，你是心血来潮？”

“说心血来潮也不太准确，我对那起事件念念不忘，而且也想亲眼看看中村青司设计的水车馆。一旦有了这个想法，我就控制不住了，所以……”

“唔。”我用戴着白色手套的双手抓住轮椅把手，“那么，接下来你想做什么？”

“嗯，如果可以的话，我想代替恒仁参加今天的例行聚会，因为我对藤沼一成先生的画也颇有兴趣。我知道这样会给您添麻烦，还请见谅。”

“明白了。”

（我要请他进去吗？）

我左思右想，心情复杂地压制住反驳的念头。

（我为什么要请他……）

他暗示了建筑师中村青司和自己的关系，也许这就是理由吧！不过，并不仅仅如此。这个叫岛田洁的人，身上有一种独特的气质——我感觉到了隐藏其中的一股强大力量。

“岛田先生，请。”我说，“我让人再准备一间客房。请把车开上坡道，然后向左转——那里有一个停车场。”

狂风肆虐，天空中乌云密布。照耀着四周的太阳躲进了云层，水车馆周围的一切都笼罩在阴影之中。

第四章　过去——

（一九八五年　九月二十八日）

车中（下午一点三十分）

“天色不太对啊！”坐在副驾驶席上的森滋彦透过挡风玻璃仰望天空。

“据说台风要来了。”手握方向盘的三田村则之回应道，“看来今天晚上要下雨了。”

天空中阴云笼罩。汽车行驶在山谷间的林荫道上，能看见的天空十分狭小，视线所及的范围完全被乌云覆盖，一切都仿佛与道路两旁的杉树林的黑影融为一体。

“我来开吧。”看到三田村从方向盘上松开一只手，大大地打了一个哈欠，森滋彦说，“昨天晚上出了急诊，没怎么睡觉吧？”

“不用，没那么严重。”三田村不动声色地说，“不远了，两点多一点儿就能到。”

三田村在神户经营外科医院，今天早上六点出门前往水车馆。在名古屋 M＊＊大学担任美术史教授的森按照往年的惯例，在头一天下午来到神户，当天晚上寄宿在三田村家里。

车内的音响播放着现代爵士乐。

三田村热爱爵士乐，森却并不喜欢这一类音乐。从神户过来的一路上，他如坐针毡，又不能把不高兴挂在脸上。如果对三田村说自己不太了解最新的音乐潮流，还不知道要被他怎样嘲讽。这是森无法接受的。

森今年四十六岁，十年前从副教授晋升为正教授。

三十五六岁就成为副教授，可以说是年轻有为。除了他自身的能力和业绩外，已故的森文雄名誉教授——也就是七年前去世的森滋彦的父亲，在当中起到了很大的作用。

“我今年一定要看到那幅画。”森扶正了度数很高的黑框眼镜，“三田村，你还没看过吧？”

坦白说，森对于三田村这名外科医生并没有什么好感。

三田村是个风度翩翩的白面小生，一副色迷迷的样子。他是一位优秀的外科医生，兴趣广泛，能言善辩。森则身材矮小，弯腰驼背，两三年前听力开始衰退，现在右耳上戴着助听器——一种附在眼镜挂耳上的小型电声放大器。他自认为是一个“书呆子”，除了专业知识，他只对国际象棋略感兴趣。在比自己年轻十岁的三田村面前，森真的是相形见绌。出于这种心理，想到三田村年纪轻轻就有机会看到藤沼一成的画，森滋彦越发感到气不过。

三田村用一只手摸着自己瘦削上翘的下巴，对森的问题回答了一声“是”。

“梦幻的遗作《幻影群像》，这个名字真有气势啊！教授，我记得您父亲看过这幅画。”

“听家父说，他在一成大师的工作室里观赏过这部作品，那是在一成大师去世的前一年，也就是一九七〇年的秋天。《幻影群像》是一幅一百号大的宏伟巨作[①]，主题与他以往的作品大相径庭，可谓是一幅与众不同的作品。”

“最终，这幅作品并没有‘入世’，在完成之后不久，一成就病倒了。他去世后，这幅画被收藏在神户的藤沼家——据说这是一成的遗愿，再后来才被纪一先生带到了水车馆。”

“是啊，我们都希望能亲眼看看，哪怕只是一眼也好。有没有机会呢？”

“这个嘛——”三田村皱起浓眉，“我看很难。你也知道，纪一先生是个固执的人。如果我们提出无理的要求，说不定一年一次的‘开馆’都会被取消。”

“这个人真不好对付啊。”

“我不是在背后说他的坏话，但是说极端一点，他这个人就是个极度自我又自卑的怪物。哎，不过这也没办法。”

(极度自我又自卑的怪物……)

森滋彦惊诧于三田村激烈的措辞，却随即点头表示同意。

(确实如此啊。)

森滋彦和三田村，还有今天造访水车馆的另外两位客人——大石源造和古川恒仁——都很清楚十二年前冬天发生的那场事故。圣诞夜，在神户的藤沼家举办的晚会之后……

开车送两位朋友回家的藤沼纪一在布满冰雪的道路上操作失误，与对面车道的卡车相撞。汽车被烧毁，车上的朋友有一人当场死亡，而纪一自己的面部和四肢则受到重创。

听三田村说，当时的情况真是惨不忍睹。

---

①一百号大约为一百六十二点二厘米乘以一百一十二点二厘米。

身受重伤的纪一被送往三田村的父亲担任院长的外科医院。当时，刚刚获得医师资格的三田村也参与了手术。

据他介绍，纪一的双脚粉碎性骨折，医生几乎不知该如何处理。他的双手被烧烂，烧伤和撞伤造成的伤口遍布在脸上，即便运用整容技术也无法恢复原貌。手术之后，纪一依靠拐杖勉强可以走路，但对于手上的伤痕和惨遭毁容的脸却无能为力。在今后的人生中，他再也无法以自己的真实容貌示人。

于是，为了隐藏自己被毁容的脸，纪一做了那个面具。

（那个毫无表情的白色面具……）

一想到坐在轮椅上的那张“脸”，浑身都会起鸡皮疙瘩。

这个橡胶面具仿照纪一原本的相貌制成，包裹住整个头部，在脑后用绳子固定。纪一制作了几十张同样的面具。

出院后，纪一出售了颇有建树的事业，加上父亲一成留下的遗产，他的手中拥有了巨额财产。他拿出其中一部分，在冈山县北部的山谷中建造了一座奇形怪状的住宅，一直隐居在此。他又不惜重金收购了一成散落在全国各地的作品，不到三年，几乎所有的作品都被他收入囊中。

人们将这座建筑称为“藤沼收藏馆”。

这些作品被纪一收集后，就再也没有展出过。痴迷于一成作品的爱好者们垂涎三尺，然而，本来就是为了避人耳目才隐居起来的纪一，当然不会轻易公开这些作品。

每年，只有在一成的忌日——九月二十八日这一天，纪一才允许别人前来拜访，并欣赏自己收藏的作品。而享此殊荣只有四个人——森、三田村、大石和古川。

“三田村——”森看了一眼驾驶座上的三田村，“纪一先生到底怎样看待由里绘小姐？”

除了面具主人居住的水车馆、收藏在馆内的美术作品、藏匿在某处的“梦幻遗作”以外，让人浮想联翩的，还有同样住在馆内的美少女。

三田村闷闷不乐地哼了一声。“说实话，这一点……”

“听说他们三年前就登记结婚了。”

“太不像话了。她从小就被关在那里，恐怕连结婚意味着什么都不清楚，就被人不由分说地冠以‘妻子’的名号。”三田村愤愤不平地说，“发生车祸时，纪一先生的脊髓也受伤了，所以……”

“啊！”森心情复杂地点了点头，“是这样啊。”

“算了，我们也没资格说长论短。现在，能被邀请来欣赏他的收藏，我们就应该知足了。”

三田村手握方向盘，用力耸了一下肩膀。森轻轻点了点头，扶正了附有助听器的眼镜。

餐厅——大门（下午一点五十分）

吃完简单的午饭，水车馆的主人和朋友留在了餐厅里。由里绘只喝了一点儿果汁，几乎一口饭也没吃，就回到塔屋去了。

喝了几杯咖啡后，纪一点燃了烟斗，正木慎吾则盯着摊在桌上的书，沉默不语。

“哎呀，您又在抽烟！”根岸文江从圆形大厅的东侧那扇面向北回廊的门一进来，立即大声叫起来，“我也不怕您烦我，请您务必保重自己的身体。”

纪一装作没听见，继续抽烟。

文江又把声音提高了八度。“您饭后吃药了吗？”

“嗯。”

“晚上还要再吃一次。”

“根岸，你要上塔吗？”看到女佣从台阶下的杂物间里拖出吸尘器，正木问道。

“嗯，我去打扫。今天还要练琴吗？”

“今天休息。”

“说得也对，客人马上就要到了。好了，我得抓紧时间了。”文江转身急匆匆地走向楼梯。

“对了，由里绘小姐刚才说，通向露台的门好像有点问题。”

正木的话音未落，从敞开的窗户外传来了汽车的马达声。没过多久，门铃响了。

“有人来了。”

“唔。”

纪一把烟斗搁在烟斗架上，把手放到轮椅的车轮上。在墙边伺候的管家仓本虽然身材魁梧，动作却很敏捷，他快步向走廊走去。

“我们也出去迎接吧。”

“我来推你。”正木迅速起身，站在轮椅后面。

“文江，”纪一回头吩咐胖墩墩的女佣，“你去叫由里绘过来。”

“好。”文江拿起吸尘器，“请您别抽那么多烟。”

文江说着就往楼上跑去。戴着面具的主人和他的朋友紧跟仓本，从南侧门来到了西回廊。

长廊右侧的墙壁上陈列着藤沼一成的若干作品，左侧是纪一的起居室和书房。来到长廊尽头，打开一扇大门，便来到了门厅。

仓本打开入口处厚重的对开大门，来访者正步入门厅。

“谢谢，谢谢！”进来的男子鞠了一躬，大声问候坐在轮椅上的主人，“啊，看到您精神不错，真为您感到高兴。今天承蒙邀请，实在感谢不尽。”

从敞开的大门往外看，一辆黑色的租赁汽车正在桥的对面调头。

“啊，我是第一个到的吗？到得太早了，呀，正好两点。主人，请问这位是——”客人狐疑地看着站在纪一身后的正木。

“是我的老朋友。”

“我叫正木慎吾，因故暂时借宿在这里。请多关照。”

“啊，你好——你好，你好。”他诧异地上下打量正木，“我叫大石源造，在东京经营美术品，和一成大师是旧相识。哦，原来你是这里主人的朋友啊？我似乎和你有过一面之缘。”

“不，我们应该没见过面。”

“是吗？”

这是一个肥胖的红脸中年男人，身上裹了一件白色衬衫，配上一条花里胡哨的领带。他脖子粗短，大腹便便，谢顶得很厉害，几根残存的头发被发蜡固定着。

“其他几位客人很快就要到了，我先带您去房间吧。请进。”仓本伸出右手，“我来拿行李吧。”

“啊，谢谢，谢谢。”

他在门口的鞋垫上蹭了几下鞋子，随手把褐色的手提包交给管家，随后满脸堆笑地转身对纪一说：“主人，今年能否有幸欣赏那幅作品？”

“哪幅作品？”

“啊，这个，也就是，一成大师的遗作……”

“大石先生——”戴着面具的主人坐在轮椅上，抱着双臂，在白色橡胶面具下目不转睛地盯着美术商，“我说过很多次，不愿意给别人看那幅画。”

大石舔着肥厚的嘴唇。“啊，是——没错，您是说过。哎呀，我当然不会勉强。这个，我只是想……”

这时，由里绘怯生生地从纪一和正木的身后走了进来。

“啊，您好，小姐——啊，夫人。对不起，今天打扰了。”大石偷偷地观察主人的脸色，故意抬高了声音。

由里绘紧闭着嘴唇，微微点了点头，算是打招呼。

“啊。”正木慎吾看着门外，“又有客人来了。”

在哗哗的流水声与哐当哐当的水车声中，汽车的引擎声越来越近。

“是三田村的宝马。”大石探出半个身子向外张望，“森教授应该和他在一起吧。”

不一会儿，三田村则之和森滋彦跨过水渠上的桥，走到了大门口。

“藤沼先生，好久不见。”穿着米黄色衬衣、身材高大的三田村神采奕奕地走向纪一，“听说您感冒了，现在怎么样？”

“没什么大碍。”纪一不理会外科医生伸过来的手，“你父亲身体好吗？”

“托您的福。”三田村面不改色地把手缩回去，“从今年开始，由我打理医院。家父还是老样子，到处去打高尔夫球什么的。他还让我向您问好。”

说到这里，三田村瞅了一眼站在纪一斜后方的正木。

“他是正木。”纪一说道。

“正木……”三田村表情茫然。

“以前在医院承蒙您的照顾。”正木上前自我介绍。

“啊！”一直站在三田村背后的森叫了一声，“就是一成大师的那位弟子吗？”

“啊，我想起来了。”三田村点点头，方方正正的脸上浮现出心领神会的微笑，“那次车祸……”

听到这里，大石源造拍了一下手，毫无顾忌地大叫起来：“怪不得，我也觉得在哪里听过这个名字。”

“正木先生怎么会在这里？”

三田村话音未落，阴暗的天空中瞬间划出一道白色的裂痕。

天空中响起振聋发聩的怒吼。由里绘发出一声短促的惊叫，其他聚在门厅中的人也吃了一惊。

“突然打了个雷。”大石松了一口气，“好像就在头顶。”

“别害怕，由里绘小姐。”

正木在双手捂住耳朵的美少女肩膀上轻轻地拍了一下。

头戴面具的主人扫了两人一眼，招呼三位客人：“请大家先去自己的房间。三点过后，我们在别馆的大厅一起喝下午茶。”

第五章　现在

（一九八六年　九月二十八日）

大门口（下午两点）

三位客人如约抵达了水车馆。

和去年一样，首先按响门铃的是大石源造。不久之后，三田村则之和森滋彦也开着宝马车来到这里。

三个人还是老样子。脑满肠肥的美术商满脸堆笑，粗声粗气地大呼小叫；白面书生般的外科医生装腔作势地微笑着向纪一伸过手来；畏畏缩缩的大学教授的脸上依然挂着一副带助听器的眼镜。

我和去年一样出门迎接他们，内心却和去年截然不同。

有几个理由。

首先，最让我忧心忡忡的，当然是去年在这栋房屋里聚会时，发生的那起事件——他们的到访不可避免让我回忆起那个风雨交加的夜晚……

说实话，我原本打算以此为由取消今年的聚会，但又知道他们不会善罢甘休。

去年那起惨绝人寰的事件改变了我，也改变了由里绘，甚至连沉淀在这栋建筑里的空气也变了。这些对他们来说根本无所谓，他们关心的是挂在回廊里的藤沼一成的作品，或者说是那幅他们从未观赏到的一成的遗作。

其次，让我惶惶不可终日的是那天忽然在室内消失的那个人。他到底藏在哪里？他已经死了吗？还是仍然活在世上？

由里绘想必有相同的忧虑，聚集在这里的三个人心中也多少有类似的不安与疑惑吧。

还有一点就是——岛田洁这个不速之客。

我让仓本收拾一间客房给岛田。岛田诚惶诚恐地向我一再道谢，我当然没有忘记告诉他那是个什么样的房间。

“是去年正木住过的房间，没关系吧？”

“正木——就是去年被杀的正木慎吾吗？”岛田洁眨了眨眼睛，马上说“没关系”。

“没关系，我不介意。这里一共有几间客房？”

“一楼有三间，二楼有两间。你的房间在二楼。”

“那么，二楼的另外一个房间是去年恒仁住过的吗？没错吧，藤沼先生，去年恒仁就是在房间里神秘失踪的吧？”

“嗯，那个房间后来就被锁起来了。”

“噢噢，我真想亲眼看看。”岛田的好奇心显露无遗，“我并不是重提往事，可是，藤沼先生，您也对那起事件中不大明朗的部分很感兴趣吧？”

对那起事件不大明朗的部分很感兴趣——没错，我必须承认自己有这个想法。

我含糊地回答他：“我也不知道怎么会鬼迷心窍地让你住进来。既然请你来住一个晚上，就不会让你现在出去，但是请你适可而止，不要太过分了。”

“啊，我知道，我知道。”岛田笑嘻嘻地说，“‘鬼迷心窍’这个措辞真不客气啊。”

岛田看着我，似乎还有话要说，但是我不再搭理他。这时，仓本收拾好了房间，这位“不速之客”就走了进去……

另外三位客人像往常一样，透过没有表情的白色面具揣摩着我的心情，彬彬有礼地向我问好后，跟随仓本去了各自的房间。我准备稍后给他们介绍岛田洁这个“外来者”。

“三点请各位在别馆喝下午茶……”

话音未落，透过大门上半圆形的厚花纹玻璃，我看到翻滚的乌云中闪过一道光，随后响起了山崩地裂般的雷鸣声。

这番景象完全是去年的再现，大自然的演出让我心惊肉跳。

塔屋——北回廊（下午两点二十分）

水车馆的设计者是中村青司这个特立独行的天才建筑师。

这座建在长方形高墙内的建筑位于大多数人认为根本不适宜居住的山里。

外墙高达五米，有点像十二世纪到十四世纪的英国古城墙。

外墙内的建筑大致分为两部分。在长方形的西北角是以由里绘的房间所在的“塔”为中心建造的院落；隔着宽敞的中庭，与“塔”遥相呼应的是另外一个院落。这两个院落被外墙内圈的一条回廊从两个方向连接起来，我们根据用途称其为“主馆”和“别馆”。

主馆是我们的生活空间，沿着西回廊依次是我的起居室、书房和卧室，还有作品保管室；北回廊那边依次是厨房和用人房。西回廊外侧紧邻水车机房，由于设置了水车机轴的关系，有一半位于地下，内部安装了水力发电装置，以供应馆内用电。我自己对机械一窍不通，这些设备的管理和维修全都交给了仓本。

另一边，会客时使用的两层小楼就是别馆。以设在东南角的圆形大厅为中心，一楼有三间客房，二楼有两间客房。本来只有二楼的两个房间是客房，自从九月二十八日的“聚会”成为惯例以后，一楼的三个房间也被征用了。

从主馆和别馆向两个方向延伸出来的回廊在西南和东北角会合，前者形成了门厅，后者则是一个圆形小厅。(见图一和图二)

接下来——

目送三位客人穿过通向南回廊的门，向别馆走去后，我和由里绘沿着来时的走廊回到主馆的餐厅。

“上去吧。”

由里绘微微一笑，点点头，把我的轮椅推进电梯。这部电梯只能供一个人使用，由里绘走楼梯回到了塔屋。

从塔屋的窗户看出去的风景，是名副其实的“黑云压城”。天空、云层、山川、河流……视线所及之处，是一片阴郁的灰色世界。

我站在窗边出神，由里绘在我身后打开了钢琴盖。

“你要弹什么？”我回头问她。

她伤感地看着我。“我知道的曲子很少。”

由里绘静静地把手指放在键盘上。指间流淌出宛如莺啼的琴声，酷似她自己的声音——《亚麻色头发的少女》。

这曾经是我喜欢的曲子。然而，现在一听到这节奏怪异的旋律，我就觉得胸口憋得喘不过气来。

一年前，由里绘在正木慎吾弹奏的曲调中度过了自己的第二十个晚春，那也许是她有生以来最美好的一段时光。

我没办法弹给由里绘听。

（我无法像当时的正木慎吾那样弹琴。）

弹完后，由里绘望着我，仿佛在期待我的评价。我不动声色地看着放在膝盖上的双手，说道：“弹得很好。”

将近三点，我们从塔上下来。

电梯到了楼下，褐色的铁门刚打开，我就听见“咔嗒”一声怪响。我从电梯轿厢里出来，等了一段时间，门仍然关不上。我摆弄了一下操作面板，不知为何，电梯纹丝不动。

“发生故障了吗？”由里绘从楼梯上走下来，疑惑不解。

“好像是，要跟仓本说一声。”

我们从餐厅出来到了北回廊。由里绘说要去卫生间，就走进了走廊上的厕所。

“老爷。”身后传来一个怯生生的声音。回头一看，野泽朋子站在从西回廊绕塔一圈延伸至此的走廊上。

“什么事？”我慢慢地调转轮椅的方向。

“哦，是这样的——”朋子犹犹豫豫，目光落在自己的手上。我看见她手里拿着一张纸片。

“那个，实际上……”朋子轻手轻脚地走到我身边，像对待什么可怕的东西一样，把手里的东西递给我，“那个，这个东西，在老爷房间的门下……”

这是一张对折了两次的浅灰色黑条纹 B5 纸，是随处都能买到的信纸。

（在我的房间门下？）

我摸不着头脑。

我用戴着白色手套的手打开了信纸。

滚出去。从这个家里滚出去。

“这是……”我在面具下愕然失色。

朋子提心吊胆地看着我。

我睨视着她。“什么时候发现的？”

“啊，这个，就是刚才。”

“经过房间的时候？”

“是。”朋子应了一声后，忐忑不安地摩挲着自己毫无血色的脸，“不，那个，其实不是我发现的……”

“什么？”

“是那位叫岛田的客人……”

“他？”我不禁提高了声音。

朋子重重地点了点头。“我从别馆那边经过大门来这边的时候，他在走廊里……说在那个房间——就是老爷您的起居室——门下塞着这张纸。”

是岛田洁发现的？假设如此，他必定看了纸上的内容。

我竖起手掌，把纸片放到手掌上，挡住朋子的视线。

滚出去。从这个家里滚出去。

黑色圆珠笔写的这几个字横七竖八地排列在纸上，这是掩饰笔迹的惯用手法。

（恐吓信？）

“滚出去”——这是对我的恐吓吗？有人——是这个馆里的某一个人写给我的恐吓信吗？

“朋子，”我的目光回到女佣的脸上，拼命抑制内心的不安，“你看了这上面写了什么吗？”

“没有！”朋子用力摇头否认，“绝对没有。”

正当我无法判断她的回答是真是假的时候，由里绘从卫生间走了出来。

“怎么啦？”她似乎察觉到了我和朋子的异样，忧心忡忡地问。

“没事。”我在手里把信纸揉成团，塞进了外套口袋里。

别馆大厅（下午三点十分）

包括岛田洁在内的四位客人聚集在了别馆一楼的厅内。

这个两层楼高的厅比主馆餐厅要小一圈，从西侧和北侧延伸过来的走廊在这里会合，设计师用落地玻璃窗面向中庭隔出了这样一个小厅。主馆、各个回廊以及门厅都是维多利亚风格的古典建筑，而这里的内部装修则是以白色为基调的现代风格。

这个客厅的天花板直通楼顶，内侧摆放着一套沙发，前方是一张白色圆桌。这里没有电梯，左侧的圆弧形楼梯是连接二楼的唯一通道。

四人坐在圆桌边，岛田和另外三位客人正在闲聊。墙壁上方有几扇打不开的窗户。

仓本一声不吭地站在墙边听候吩咐。

“让各位久等了。”我向坐在圆桌边上的四个人打了个招呼，转动轮椅来到预留给我的正对中庭的位置上。由里绘在我身边的椅子上坐了下来。

“感谢各位远道而来……”

我嘴里说着客套话，依次环顾注视着我的四个男人。大石源造、森滋彦、三田村则之——他们三个人和一年前几乎一样，然而，第四个人——去年古川恒仁所坐的位子上，今天出现了另一个人。

我的视线落在岛田洁身上。他噘着嘴，坦然面对我的目光，手指在桌上缓缓移动，仿佛在画着什么。

“首先，我给大家介绍一下。”

我隔着外套的口袋，把手放在那张纸条上，伸出另一只手向大家示意这位“不速之客”。

“这位是岛田洁先生，因为某种原因，今天特别邀请他参加。”

“请多关照。”岛田点了一下头。

“刚才你说自己是古川的朋友。”大石源造挠着酒糟鼻，“这么说来，和我们并非毫无瓜葛。”

“你来这里也是因为喜欢一成大师的画吗？”

听到森教授的询问，岛田哈哈一笑。“不，不是这个原因。当然，我对画也很感兴趣。”

“哦？”森匪夷所思地眨着镜片后的眼睛，又看了我一眼，“那么，请问你为什么来这里？”

“因为他对去年的事件感兴趣。”我用沙哑的声音低声回答，“他认为古川恒仁不是那起事件的凶手。”

大厅里一片哗然。

“这是一个标新立异的想法啊。”三田村则之抚摸着凹陷的下巴，

“这么说来，你是来侦破那起事件的？哦，想不到你居然得到了主人的允许！”

“啊——”岛田对外科医生用的“侦破”一词不置可否。

仓本开始往每个人面前的杯子里倒红茶，室内笼罩着令人尴尬的沉默。

大石源造、森滋彦、三田村则之，还有岛田洁。我再次环视聚集在这里的四个人。

（那张纸条到底是谁写的？）

我苦思冥想。

（出于什么目的呢？）

无论如何，必须向岛田仔细询问发现纸条时的细节，同时还要警告他不要在馆里乱走。

然而，尽管如此……

大石、森、三田村——恐怕每个人都有机会避开仓本和野泽朋子潜入西回廊。三人当中无论是谁，都可以趁我和由里绘在塔屋里时，神不知鬼不觉地把纸条塞进我的房间。

这些人绝非善类，他们为了得到垂涎已久的藤沼一成的作品，什么事情都做得出来。

当然，也不能否认另有其人。

发现纸条的岛田就有很大的嫌疑；另外，虽然我觉得应该不会，但也可能是仓本或野泽朋子写的。或者是，对了，是藏在这所建筑里的某个神秘人物……

正在此时——

轰隆隆！雷声大作。

“哎呀！”大石从裹在身上的衬衫口袋中掏出手帕，擦着油光锃亮的前额，“我就怕打雷。和去年简直一模一样。”

“是啊。不过去年雨下得更早，我们三个人刚在房间里安顿下来就下雨了。”三田村抬起头透过面向中庭的玻璃门，看着马上就要倾泻出滂沱大雨的黑色天空。

“您记得很清楚啊。”岛田说。

三田村用右手指尖摆弄着左手无名指上的金戒指，白净的脸颊上似笑非笑。“岛田先生，那是因为正好在开始下雨的时候，发生了那起事件。”

“那起事件？”

“是的，你应该知道吧？当时，这里的住家女佣根岸文江从塔的露台上跌落了下来……”

“啊，是吗？”岛田舔了一下嘴唇，“嗯，我倒不是很清楚。对了，好像是有这样一起事件发生了。”

根岸文江的坠落……

当时的雨声、雷鸣声、水车声以及撕心裂肺的惨叫声，又在耳边清晰地响了起来……

一年前的九月二十八日，下午两点过后，三位客人来到水车馆，后来——第四位客人古川恒仁在倾盆大雨中姗姗来迟。就在那时……

第六章　过去

（一九八五年　九月二十八日）

大门口（下午两点二十分）

三个人跟随仓本消失在通向南回廊的门口。

“我不愿意和这些人打交道。”正木慎吾夸张地耸了一下瘦骨嶙峋的肩膀，“每个人看上去都心怀鬼胎。你为什么偏偏邀请这些人？”

“我不是跟你解释过吗？”戴着面具的主人哑着嗓子回答。

这些人一直以来对纪一收藏的藤沼一成的作品虎视眈眈，不仅如此，他们很早以前就和藤沼家有很深的渊源。

美术商大石经销过一成的作品；森的父亲是一名美术研究者，他高度评价了一成作品的艺术性，使其闻名于世；十二年前，纪一他们发生车祸后被送往的那家医院就是三田村家的，如今三田村继承了家业。因此，当他们热心地前来接洽时，纪一无法回绝。

“盼望有机会瞻仰一成大师作品的爱好者数不胜数，你不打算也向他们公开吗？”

“不打算。”纪一不假思索地摇了摇头，“我这样做，也是一种赎罪。”

“赎罪？什么意思？”

“是为了让自己的良心过得去。”

纪一对自己独占了一成留下的作品多少有一些罪恶感，为了缓和良心的谴责，才向他们公开这些“私人物品”。说白了，正因如此，所以没有向其他人公开的必要，他也不打算这样做。

“那件梦幻的遗作呢？刚才那个美术商提到了。”

“那又另当别论了。”纪一的声音条件反射般的变得瓮声瓮气，“你见过吗？”

“没有。一成大师似乎不满意那件作品——不太愿意给人看，而且那件作品完成不久他就病倒了。”

“是啊。”

面具的主人扫视了一圈门厅，昏暗的象牙色墙壁上点缀着几幅画。

“可能父亲自己也不清楚为什么会画那幅画，他困惑不解，又惶恐不安。”

在纪一看来，藤沼一成是真正意义上的幻视者。毫不夸张地讲，他所有的画都是把自己亲眼看到的幻景原封不动地描绘出来，所以对自己最后看到的幻景——将其描绘出来的那幅画，才会感到困惑不解又惶恐不安。

“那到底是怎样的一幅画？”

纪一摇摇头，断然拒绝回答正木的问题。“我以后也许会告诉你，但是现在我不想多说……不过……”

“什么？”

“我自己也害怕那幅画，甚至可以说是厌恶，所以把它藏在一个谁都看不到的地方。我不想给任何人看，自己也不想看。”

正木岔开话题，没有追问下去。

“还有一位客人是和尚吧？”

“唔，是藤沼家菩提寺的副住持。今天从高松渡海过来。”

“副住持？他是住持的儿子吗？”

“对。他的父亲和我父亲相交甚厚。”

“原来如此。他多大年纪了？”

“和你差不多，好像还是单身。”

“单身啊。”正木瞥了一眼自己左手无名指上熠熠发光的猫眼石戒指。

“啊——勾起了你的伤心事。”

“没关系。”

纪一把视线从正木的脸上移开，看了看由里绘。她倚靠在墙壁上，一直低着头，默然不语。

“古川也快来了。来来回回很麻烦，我就在这里等他。”纪一问正木，“你呢？”

正木看了一下戴在左手腕上的手表。“那么，我先回房间了。三点钟可以和大家一起喝下午茶吗？”

“请便。”

“那么——由里绘小姐呢？”

“能在这里陪我吗？”纪一问由里绘。

看到由里绘轻轻地点了点头，正木说：“我叫仓本或者根岸给你们倒杯茶吧？”

“不必了。”

“是吗？那么稍后再见。”正木和刚才三位客人一样往南回廊走去。

纪一叹了口气，把轮椅移到墙边。

“由里绘，别站着，去那边坐吧。”

“是。”

在昏暗的圆形房间里，大门旁边靠窗的角落里有一张沙发。由里绘坐下来后，避开纪一的白色面具，目光落在靠中庭一侧墙面的花色玻璃上。

五颜六色的玻璃墙外，院子里的花草丛被狂风吹得沙沙乱响，庭院中央的水池里仿佛海面一般，被掀起了惊涛骇浪。

厨房——餐厅（下午两点四十五分）

仓本庄司把三位客人带到各自的房间后，从东回廊穿过东北角的小厅，回到了主馆。

深灰色的三件套上系了一条藏青色的领带，花白的头发用发蜡固定并向后拢上去。干不同的活儿当然要穿不同的衣服（比如，维护水车机房时也会穿工装），但仓本自认为这身打扮最适合自己。

主人藤沼纪一称他为“管家”，仓本自己也非常中意这个称呼。

他无比同情隐居在深山中的主人的境遇和心情，而且，代替手脚不便的主人管理这座大宅院，也给他的心灵带来了极大的满足感。这种满足感有时甚至让他产生错觉，觉得自己才是这座宅院真正的主人。一句话，他非常满意这个自己为之奉献了十年的地方。

然而，他从来不曾表现出这份满足感。在他的信条里，管家应该是忠诚、稳重、喜怒不形于色的，是办事利索冷静的“机器人”。

总之，自己的职责是一丝不苟地把这个家打理得井井有条。同时，不得干涉主人的言行，随时和主人保持一定的距离……

仓本进入厨房，开始检查小推车上的杯子。

第四位客人古川恒仁还没有到，从四国过来的船也许受台风影响晚点了。不过，即使晚到，三点的下午茶也会按原计划开始。

仓本检查了一下水壶，发现里面的开水太少了。

（我都已经跟她说过了。）

根岸文江的模样浮现在眼前，仓本咂了一下嘴。

（还在打扫小姐的房间吗？）

刚才正木慎吾说过，通向露台的门有点问题……

仓本一直觉得文江做事不够稳重。她咋咋呼呼，喜欢管闲事；这也就算了，她还多嘴多舌，办事又毛躁。和她在同一个屋檐下共事的这十年中，自己不知有多少次为她收拾烂摊子。

离三点还差十分，现在开始烧水的话，应该赶得上纪一刚才对三位客人说的“三点过后”。

仓本在电水壶加满水后，快步来到走廊上。他看了一眼手表，确认现在是两点五十二分后，便直接向餐厅走去——文江再不下来就麻烦了。

昏暗的室内闪过一道白光，紧接着是一个巨大的响雷。

大雨瓢泼而下。

雨声顷刻间包围了整个水车馆，紧随其后的电闪雷鸣使仓本在一瞬间头晕目眩，仿佛进入了另一个世界。

（古川先生还没到，要先准备好毛巾。）

仓本一边想着，一边大步流星地走过铺着暗红色地毯的走廊，进入了餐厅。

他刚来到楼梯的入口处，目光不经意间落在前面的电梯上。

褐色铁门旁的墙壁上是呼叫按钮和电梯位置指示灯。

仓本的余光扫到指示灯上的“2”发出微弱的亮光。

“文江！”仓本站在楼梯下面喊道，“文江！”

没人回答。

是不是因为雨声太大，二楼的人听不见自己的声音?

仓本踏上两三级楼梯，正准备再次呼喊女佣的名字。

这时，拍打在建筑物上的雨声中传来一个尖锐的声音，是从人的喉咙里发出的惨叫!

仓本条件反射地把视线转向房间外侧的一扇窗户。

一道闪电如闪光灯般照亮了整个空间，正是因为这道光芒，使仓本目睹了一切。

一个黑影自上而下划过窗户。

如果不是闪电的光芒，就算当时他同样看着那扇窗户，映入眼帘的恐怕也只是黑影一闪而过。然而，他没想到，此时自己的眼睛仿佛高性能的照相机一般，以静止的形态拍下了那幅景象。

倒挂的人脸——

圆睁的双眼、像鱼鳃一般鼓起的脸颊、湿漉漉的头发、仿佛裂开一般张大的嘴……

等比闪电慢了一拍的雷声响起时，窗外什么也没有了。

“啊！”仓本大叫了一声，飞身扑向窗前。

（刚才是……）

（是她吗?）

假如是的话——假如刚才看到的不是闪电制造出的幻觉——那真是太可怕了。

仓本从窗户伸出头去，向外张望。

石塔脚下就是使水车转动的那条水渠。两米多宽的水面上，雨点激起无数浪花，水流湍急。

晦暗的天色下，水流拍打着一个白色物体。

千真万确，是身穿围裙的根岸文江！不知道是昏过去了还是已经死了，她的身体无力地倒在水渠里，随着汹涌的水流上下沉浮。

“不得了啦！”仓本拼命喊着，飞奔出通向大门的西回廊。

“不得了啦！”十年来，仓本第一次发出声嘶力竭的叫声。

大门口（下午两点五十二分）

天空中划过一道明亮的闪电，震耳欲聋的雷鸣随后滚滚而来，天空中密布的乌云倾泻着大雨。

由里绘坐在门厅沙发里，娇小的身躯缩成一团。彩色玻璃窗外，豆大的雨点在水池里溅起无数的浪花。

这时，大门外响起了汽车声，打破了夫妇间的沉默。

“好像到了。”纪一把轮椅移向大门。由里绘连忙起身，来到纪一前面，伸手握住制作精良的金色大门把手。

打开门后，雨声增大了一倍。与此同时，一道闪电在对面山头划破了长空。

倾盆大雨在石板路上激起了水雾。在水渠上那座桥的对面，停着一辆黄色的出租车，从后排的车窗中，看见了古川恒仁的和尚头。

“由里绘，拿伞来。”纪一边说边把轮椅移至门外的房檐下。由里绘很快就拿着一把黑伞跟出来。

出租车的门开了，古川似乎决定冒雨跑过来。

在由里绘打开伞之前，古川已经把咖啡色的手提包抱在胸前飞奔出出租车，低头穿过如瀑布一般的雨帘。

“啊，真要命！”

在奔过小桥，跑上斜坡的这几秒钟内，古川已经完全被淋透了，消瘦的身体瑟瑟发抖。

“不好意思，这副模样冲进来，对不起。”他对出来迎接的主人和他的妻子充满歉意地低下了头。

“没关系，马上给你拿毛巾来……”纪一回答道。

这时——

雨声、风声、桥下的流水声、奋力旋转的水车声、驶离的出租车声……夹杂在这些声音之中，似乎响起了一个尖锐的惨叫声，几乎同时，天空中炸响了一个惊雷。

仿佛被雷击中了一般，三人站在原地，面面相觑。

“刚才，你们没听到什么吗？”古川恒仁问道。

“听到了。”纪一环视周围。雨水打进房檐，溅湿了他的衣服和面具。

“由里绘，你呢？”

由里绘脸色苍白地微微点了点头。

“我觉得好像是人的叫声。”古川脸色憔悴，表情僵硬。

“不得了啦！”从屋里传来男人的叫声。

“什么？”纪一诧异地转过身去。

由里绘面容失色地跑进了室内。

“不得了啦！”又是一声，好像是仓本。

（他这样叫，说明……）

纪一的直觉告诉自己，事情非同小可。

（到底发生了什么事？）

不一会儿，身材魁梧的仓本跌跌撞撞地冲进了门厅。

“老，老爷！”平时眉毛动都不动的管家，眼下满脸扭曲的表情，高声喊道，“根岸……”

“怎么啦？”

“她刚才从塔上掉下来……”

“你说什么？”

“她掉在水渠里，马上就要被冲到这边来了。”

话音未落，仓本就飞奔出去，向紧邻右边外墙的水车机房跑去。

这个细长的箱形建筑有一半在地下。不锈钢大门旁边，有一架铁制梯子通向屋顶。

仓本顾不得梯子被雨水淋湿了，飞快地爬上梯子。

“小心！”古川大叫着也跑出了屋檐。他跑到桥上，靠在栏杆上，紧盯着快速转动着的水车。

“啊！”古川惊叫道，“啊，啊！”

巨大的黑色车轮上紧贴着一个白色物体。

哐当、哐当……

水车发出沉重的回转声，把白色物体和水雾一起卷起。根岸文江软绵绵的身体被高高地挑了起来。

“怎么回事……”纪一喃喃自语。由里绘在他身边发出一声沙哑的惨叫，用双手捂住了眼睛。

“文江！”古川和爬上机房的仓本连声惊呼，他们的声音被倾盆而下的雨声吞没。

被水车挑起的文江再次被卷进黑色的车轮，淹没在汹涌的水流中。片刻之后，她的身体又从不停转动着的三连水车中被吐了出来，身上的白围裙早已支离破碎。文江在激流中忽隐忽现，经过古川伫立的桥下，被冲到下游去了。

大门口——塔屋（下午三点二十分）

混乱声惊动了三田村、森、大石和正木，他们慌慌张张地跑到大门口来。雨越下越大，呼啸的狂风把雨水吹进了房檐内侧。

不仅是跑到室外的古川和仓本，连纪一和由里绘也被吹进来的雨淋透了。雨水同样毫不留情地打在跑过来的这四个人身上。

很快，文江的身影消失在了水流中。没有人打算追上去，显而易见，在这样的狂风暴雨中，再加上水流湍急，就算追上去也救不了她。

纪一叹息着催促大家回到室内，把嘈杂的风雨关在门外。众人在昏暗的大厅中唉声叹气。

“仓本，”房屋的主人命令浑身上下不断淌水的管家，“报警！”

可以想象，在这样的疾风骤雨中很难找到文江，就算找到了，恐怕也为时已晚……

“是。”仓本短促地应了一声，向电话所在的餐厅方向跑去。

“到底发生了什么事，藤沼先生？”正木慎吾喘着粗气。

“文江从塔的露台上掉了下来。”纪一闷声闷气地回答，“太不幸了。”

谁也不清楚详细情况。她去打扫塔屋，然后不知为何——或许是被雷声吓到——从露台上跌落下来。

“不好意思。”古川恒仁拿着被淋湿了的手提包，“没能帮上忙，真对不起。”

“这也没办法。”

确实没办法。古川不用耿耿于怀，在刚才的情况下，谁能救得了被水流吞没的文江呢？

“各位，”纪一对每个客人说，“请大家先各自回房，接下来就交给警察吧。”

因为戴着面具，纪一貌似冷静，但是颤抖的声音却泄露了他内心的不安。要是能看见他面具下的真面目，那张被大火烧得丑陋不堪的脸此时想必会更加扭曲。

“由里绘，你也湿透了，快去换衣服……”纪一回头看见年少的妻子低头抚弄着被淋湿的长发，意识到必须让她回塔屋去换衣服。

“啊，对了，”纪一问正木，“一起去露台上看看吗？”

“好的。”

四个客人陆续回到别馆。纪一、正木和由里绘三人沿着西回廊向餐厅走去。

“老爷，”和警察取得联系的仓本恢复了以往的沉着，“警察说马上就来，对下游展开搜索。”

“辛苦了。”

“不过……”

“什么？”

“A** 市只有一个派出所，所以正式的调查组需要一段时间才能到达这里。毕竟从那里过来有一个小时以上的路程，雨下得这么大，道路也坑坑洼洼。”

“唔。”纪一的轮椅往电梯方向移去，“你先去换衣服，再给大家送点热的东西。”

“明白了！”

来到塔屋，纪一马上把目光投向通往露台的门，然后转身面对走楼梯上来的正木和由里绘，“刚才你对文江说过露台的门有点儿问题吧？”

“对，我是听由里绘小姐说的。”

“由里绘？”

“是的。”

由里绘站在浴室的门前解释道：“不知道为什么门吱吱作响，声音很大。”

那扇有问题的门眼下半开着，摧枯拉朽般的狂风席卷了整个塔楼。

正木小跑着来到门前，一拽动把手，门就发出吱吱声。

由里绘进浴室去换衣服后，纪一把轮椅移到正木身边。

“外面的情况怎么样？”

“我去看看。”正木步入狂风暴雨中，小心翼翼地走到露台上，以免被迎面而来的暴风吹倒。他伸出手抓住阳台四围的金属栏杆。

“藤沼先生，这个……”他叫了起来。

“有什么不对吗？”

“嗯，这个栏杆摇晃得厉害，螺丝钉松了。”

闪电再次照亮了黑暗的山谷。

面具的主人不由得紧闭双目，深深地叹息了一声。他心乱如麻，怀念消失于暴风雨中的山谷的寂静，同时也在心中凭吊那个相识十年的饶舌女佣。

第七章　现在——
（一九八六年　九月二十八日）

别馆大厅（下午三点四十五分）

“最终，警察没能在当天赶过来吗？”岛田洁问。

“是的。”三田村则之用带有金属质感的声音回答，“大约一个小时后，警察局打来了电话。没错吧，主人？”

我点了点头，把茶褐色的烟斗叼在嘴里，向圆桌旁边的仓本使了个眼色，让他替我回答。

“那天下大雨，道路塌方了。雨越下越急，警察说要等暴风雨停了以后才能想办法。”

“也就是说，恒仁乘坐的出租车赶在塌方前回去了。”岛田小声嘀咕，“仓本先生，是三天后才找到了根岸文江的尸体，对吧？”

“没错。”

岛田并不是有意挑起这个话题，但不知不觉中，话题变成了对去年文江坠落事件的回顾。在场的所有人都感觉到，在不经意中就被岛田掌控了主导权。

“尸体在下游被倒下的树挂住了。”

岛田再次发问：“确认了尸体吗？”同时，他的手指在桌子上不停活动。

“我代替老爷去确认了。”

“能告诉我是什么样的状况吗？”

“这个……”仓本支支吾吾，看了看我。

“告诉他。”

听到我的催促，仓本又转身面向俨然成为“侦探”的客人。“可以说惨不忍睹。”

“此话怎讲？”

“长时间浸泡在水里，再加上好像被河里的鱼啃过……”

“啊，原来如此。”不知是不是因为发现由里绘在我身边低下了头，岛田摆摆手打断了仓本的话，“尸体上的服饰确实是根岸文江的吗？”

“是的。虽然已经破破烂烂了，但可以断定是她的。”

“她的死因查明了吗？”

“是溺水身亡。”

“也就是说，从阳台上坠落跌进水渠的时候还没有断气。”

岛田哼了一声，从桌上的果盘里抓起一块巧克力塞进嘴里，然后把银色的包装纸折成细条。

“你到底在想什么呢？”大石源造盯着岛田，“那个人——文江的死，是一场意外事故吧？”

“事故吗？”岛田小声嘀咕，“露台上螺丝钉松动的栏杆、暴雨、惊雷，再加上狂风，看表象确实是一起事故。然而，我看不一定，整件事相当可疑。”

“可疑？”大石眨着小眼睛，“你认为不是事故？”

“这种可能性很大。”

“那么，是自杀吗？还是——他杀？”

“不会是自杀。她有自杀的动机吗？没有！我考虑的当然是他杀这个可能性。”

“但是……”

“等一下，听我把话说完，好吗？”岛田环顾众人，把手里的巧克力包装纸扔在桌上。不知什么时候他折出了一只银色的小纸鹤。

“假设，我说的是假设，根岸文江的坠楼事件是某个人策划的杀人案，那么当天晚上发生的正木慎吾被杀，很有可能也是同一个凶手所为。因为同一天在同一个地方，不同的人分别行凶杀人的可能性微乎其微。如此一来，说明什么呢？目前被认为是那天晚上杀人案凶手的恒仁——古川恒仁，从不在场证明这一点来说，绝对不会是杀根岸文江的凶手。由此，他不是正木被杀案真凶的可能性就很高了，不是吗？”

“既然如此，那个和尚为什么失踪了呢？”大石问道。

“是啊。”岛田顿了一下，“比如说，有什么和杀人事件无关的重大理由，才躲起来了呢？”

“哈。”大石抓着自己油腻的蒜头鼻说，“要是什么事都这样凭空想象，那就没完没了了！”

“是不是凭空想象现在还很难说。我认为可以充分考虑各种可能性，现在又不是非得急着得出结论。”

“可是……”

“我觉得很蹊跷。”岛田咳了一声，把视线从一心找碴儿的美术商身上移开，转向默不作声的我，“根岸文江到去年的九月二十八日之前，一直住在这里，工作了十年。塔上由里绘小姐的房间当然是由她负责打扫，露台也是吧？”

我默默地点了点头。

“虽说那天风雨交加，但我不认为她会从早已走惯了的露台上掉下去，而且，就在那天晚上发生了那么离奇的杀人事件，难道不是太巧了吗？”

“这就是所谓的不幸，”我终于开了口，“不幸往往发生在这种貌似不可能的偶然中。”

这是我的真实想法。

“您言之有理。”岛田咂咂嘴，“刚才听你们介绍当天的情况，至少有一件事很奇怪。藤沼先生，我想就对面的、设置在本馆塔内的电梯提问。”

（他到底在打什么算盘？）

我紧握着衔在嘴里的烟斗。“电梯怎么了？”

“在这里，平时除了您，还有别人用那部电梯吗？”

“没有，那是我专用的，当然，有时候也被用来搬运东西。”

“原来如此，原来如此。”岛田频频点头，用手指摩挲着尖尖的下巴，“如果是这样的话，这一点果然很古怪。”

“什么？”

“各位还没有注意到吗？虽说只是一个细节，但是我刚才的确从仓本先生嘴里听到了一个重要事实。”

“仓本？”

我看了一眼始终毕恭毕敬的管家。

（仓本嘴里说出来的——他目击了文江从窗外坠落的场景……）

“您刚才说过，在楼下呼唤塔屋上的根岸文江之前，看过电梯的操作面板，对吧？”

“说过。”仓本不苟言笑地回答。

“您也说过当时电梯轿厢的位置显示为‘2’，对吧？”

“没错。”

“各位，你们都听到了。”岛田轮番打量众人，又开始在桌上活动手指，“这就说明当时电梯停在二楼。与此同时，这部电梯唯一的使用者藤沼先生却和由里绘小姐待在门厅。很奇怪吧？如果只有藤沼先生使用电梯，那么主人，当您不在塔屋上时，电梯应该在一楼——指示灯应该显示‘1’，而当时的指示灯却是‘2’。”

“说明藤沼先生以外的某个人在那以前乘电梯上了塔屋。”三田村则之接着岛田的话往下说。

岛田咧嘴一笑。“不错。这是第一种可能性。接下来，藤沼先生，根岸文江被水流冲走后，您和正木先生，还有由里绘小姐一起上了塔屋，您还记得当时电梯的位置吗？”

“这个——”我缓缓地摇了摇头，“不记得，因为当时太慌张了。”

“是吗？那么，下一个问题，在那之前您最后一次使用电梯是什么时候？”

“那天午饭前，我和正木一起上去，听他弹了钢琴。”

“原来如此。午饭前，对吗？那么，在座的各位，有人在那之后用过电梯吗？”

没有人回应。

“唔。”岛田心满意足地说，“你们也看见了，没有人承认自己用过。也就是说在事发当天，有人出于某种目的使用了电梯，而且这个人唯恐自己的行为被其他人发现。那么，什么时候有机会使用电梯而不被发现呢？从午饭后直到各位来这里之前，餐厅内始终有好几个人，因此范围就可以限定在大家来到这里之后，直到藤沼先生和由里绘小姐留在门厅的这段时间。范围再缩小的话，仓本把大家带到各自的房间后，曾进过一次厨房，有人瞅准这段空隙，进入餐厅乘电梯去了塔屋……因此，在那之后，仓本先生看到指示灯时——也就是根岸文江从露台上跌落之前——这个人在塔屋里。”

“你想说，就是这个人把文江推下了露台吗？”三田村的薄嘴唇上浮现出微笑。

大石大声嚷道：“太荒谬了！”

“为什么？”

“岛田先生，按照你的推断，这个人就在我们三个人当中……”

“正是。”

“可是，我们当时根本不可能知道文江在由里绘小姐的房间里。”

“不，你说错了，大石先生。”外科医生冷冰冰地反驳他。

“我说错什么了，三田村？”

“你忘记了吗？当时——仓本先生带我们去房间的时候，在走廊里，你不是和仓本先生搭讪吗？”

“啊……”

“你问文江是不是在忙着准备晚饭，然后仓本先生告诉了你文江当时正在做什么。”

“啊，好像是有这么回事！”

“教授，你还记得吗？”三田村翘起下巴。

戴黑边眼镜的大学教授刚才一直紧闭嘴唇，心神不宁地伸手去拿已经凉了的红茶。“记得，嗯，当然记得。”

岛田看着他的举动，但马上又把视线移开，郑重其事地总结道：“情况就是这样。”

“请等一下，岛田先生。”三田村打断了他的话，“我觉得你的推理有几个漏洞。”

“漏洞？”

“你忽视了好几种可能性。比如说，今天不在这里的某个人可能在那天使用了电梯；文江本人或者被杀的正木先生那天在主人用过电梯后，背着主人使用了电梯的可能性也应该纳入考虑范围之内；也有可能是当时在塔屋里的人无意中按了电梯。”

“嗯！”岛田闷闷不乐地抓着头发，“确实也有这些可能性。不过，我始终认为把那起坠楼事件解释为他杀最合情合理。”

“真是太不严谨了。”三田村扫兴地耸了耸肩。

“我不想被大家误会，所以事先声明。”岛田苦笑着，在椅子上端正坐姿，扫了所有人一眼，“我和警察并不是一伙的，也不打算重新调查被警方当作事故处理了的事件——比如说找出真凶向警方举报，我压根儿没这个念头。可是，我无论如何无法相信，随后发生的杀人事件是古川恒仁干的。所以我厚着脸皮来到这里，想了解事实。”

“那是你的自由。不过……”大石愤愤不平地说，“我对你因此就怀疑我们是凶手这点，有很大的意见。”

“我知道让你们不开心了。”

“刚才的长篇大论无非是纸上谈兵，这样就能抓到凶手吗？”

“所以我说我并不想抓到凶手，”岛田斩钉截铁地说，“只想了解真相。”

大石涨红了脸，一声不吭地把脸转向一边；三田村拨弄着手上的戒指，嘴上的微笑变成了冷笑；森教授捧着空杯子，弯着腰不停地抖动膝盖。

我一边留意着坐在身边的由里绘，一边往烟斗里装上新烟叶，用火柴点上了火。

“仓本！”我哑着嗓子吩咐神情冷漠的管家，“帮我倒一杯咖啡，再问问各位想喝什么。”

“明白了。”

仓本对我鞠了一躬，转身面向客人。室外霎时传来噼里啪啦的声音，紧接着，急促的雨声笼罩着整座建筑。大家纷纷把目光投向高耸的天花板或玻璃门外的中庭。

“下雨了！”我压抑着内心的不安，“又是一个暴风雨之夜。”

第八章　过去

（一九八五年　九月二十八日）

四号室——正木慎吾的房间（下午五点三十分）

根岸文江坠楼引发的骚动，使得原定三点过后开始的下午茶被取消了。

戴着面具的主人通知客人们在晚饭之前可以自由行动后，就回到了自己的房间。由里绘不可能独自一人待在塔屋，却也没有去主人的房间，而是缩在餐厅的沙发里，一言不发。仓本庄司不得不代替女佣准备晚餐，他把客人们的事情料理完后，就在厨房里研究着从文江房间里拿来的菜谱。

傍晚时分，狂风暴雨丝毫没有减弱。警察打来电话通知路上山石崩塌，暂时无法通行。被“关在”馆内的众人不免心事重重。

然后——

房屋东南角，别馆二楼靠近楼梯的一个房间——

藤沼纪一的老朋友正木慎吾这半年来就住在这里。

别馆有五个房间，从一到五被编上了号码。楼下的三间从南面数过来是一号、二号、三号，二楼是四号和五号。每年客人来访时的房间分配是固定的，从一号室开始分别是大石、三田村、森，以前二楼的四号室被分配给古川，今年因为正木住在这里，所以古川就住进了五号室。

房间约有十张榻榻米大小，地板上铺着青苔色的高级地毯，天花板是白木吊顶，墙壁被粉刷成象牙色，靠走廊的墙上等距离地并排着两组窗户，上面挂着和地板相同颜色的蓝窗帘。打开房间左手边内侧的门，里面是宽敞的卫生间和浴室。

传来轻轻的敲门声。

一开始，正木以为是什么东西被风吹响了，然而没过多久，同样的声音再次响起。

正木慎吾正坐在硕大的书桌前抽烟，听到敲门声后缓缓起身。

“哪位？”

“我是古川。”门外传来低低的声音。

正木打开房门。

古川恒仁身体瘦弱，态度谦卑。他的个子不高，因为头发剃光了，颧骨突出的脸越发显得轮廓分明。他眉目清秀，原本算得上一表人才，然而无精打采的表情破坏了一切。

“不好意思，我能进去吗？”古川站在门外拘谨地开口询问。

正木笑容可掬地把他请进了室内。“您随便坐。”

“啊，谢谢。”

古川诚惶诚恐地坐在茶几前面一张有扶手的皮椅上。他穿着麻制长袖衬衫，配一条皱巴巴的黑色长裤，身上散发着一种陌生的气味——似乎是香烛的味道。

“我并没有什么要紧事找您，外面大风大雨……又出了那种事，我不想一个人待在房间里……”

“没关系，我也正想找一个人说话。”正木坐在古川的对面，“您房间里点了香吗？”

古川没有正面回答，而是反问正木：“您介意这种气味吗？”

“不，倒不是。您是高松一所寺庙的副住持吗？”

“嗯，乡下的一座小庙。”古川瘦削的脸上不知为何，露出卑屈的笑容，“碰巧庙里供奉了藤沼家的先人，否则像我这样的人不可能受到邀请。”

“听说您的父亲和一成老师交情不浅。”

“没错。我也受到影响，对一成大师的作品顶礼膜拜。我原来在美术方面兴趣浓厚，希望从事相关工作，但是无奈要继承家里的寺庙……”

“原来如此。”

“正木先生，”古川抬起眼睛，“您曾经在藤沼一成门下……”

“您听别人说的吗？”

“不是。我对您有所耳闻，也曾经欣赏过您的作品。”

“让您见笑了。”

“我记得您在大阪的某个地方开过画展，当时……”

“已经是很久以前了。”

“我记得很清楚——藤沼一成描绘的幻想风景画中使用了微妙的中间色，而您的作品，怎么说呢，三原色组合在一起形成意想不到的效果……”

“时过境迁。”正木不由分说打断了古川，“已经过了十多年。”

“啊。”

古川似乎察觉到自己勾起了正木不愉快的回忆。他抓着衬衫胸口的地方，端正了坐姿。

“不好意思，我说了不该说的话，对不起……”

“没关系。”

正木站起身，走到书桌前拿起放在上面的烟盒。

“古川先生，您可能也知道，我十二年前就封笔了，从那以后再也没有画过一幅画。”

“是因为这里的主人遭遇的那场车祸吗？”

“对，当时我也在那辆车上——我的恋人也在。”

正木把香烟放进嘴里，又拿了出来，长长地吐了一口气。堀田庆子——令他魂牵梦绕的容颜浮现在内心深处。

“她当场就死了，藤沼的脸部、四肢，还有脊髓，都受到重创，后来一直隐居在这里。我虽然奇迹般地幸免于难，却留下了后遗症，再也无法画画了。”

“是吗？可是您哪里也没有……”

“看上去很健康吗？您认为我全身没有受到任何损伤吗？”正木把香烟含在嘴里，耍宝似的摊开双手，“怎么可能？我心力交瘁，活着也是个废物。”

“你别这么说。”

“啊，对不起，我并不是冲您发牢骚。已经过了十二年，这就是命运。”

正木下意识地咬紧牙关。这时，他发现古川的目光似乎停留在自己的左手上。

“这个——这枚戒指吗？”

“啊，没什么。”古川慌忙移开视线。

正木微笑着向他解释道：“这十二年来我在各地流浪。藤沼把自己封闭在这个与世隔绝的世界里，我却经历了人世间的悲欢离合，把藤沼支付的赔款用得一干二净。我走投无路，只好恬不知耻地来这里投靠藤沼。就他来说，对我——唯独对我心中有愧，所以爽快地接纳了我。当然，我不知道他内心的真实想法。”

“是这样啊。”

“我现在是个一文不名的穷光蛋，身上只有这枚戒指。”正木举起左手，目不转睛地看着无名指上熠熠发光的猫眼石戒指，“十二年来，这枚戒指嵌进了我的手指，摘也摘不下来了。不知道多少次没钱吃饭的时候，我都想过卖掉它。”

“这是在车祸中去世的那位小姐的？”

“是的，我们马上就要结婚了。”

“啊。”古川不知所措，坐立不安地东张西望。

正木把香烟夹在指间，重新坐在古川的对面。

“这个话题太沉重了，我们说点儿别的吧。您给我讲讲寺庙的情况。”

小厅（下午五点三十五分）

“哎呀，精彩绝伦啊，只能用这个词来形容。”大石源造粗声粗气地叫道。声音回响在冰冷的石墙和高高的天花板构筑起来的如同洞穴般的空间中，显得虚无缥缈。

“这样的艺术品被埋没在这里，实在是罪过。你们不这么认为吗，教授，三田村？”

这是位于建筑东北角的小厅。

换下淋湿的衣服，在别馆的大厅内稍事休息后，大石、森滋彦和三田村一起出来欣赏装饰在回廊内的藤沼一成的作品。他们从门厅出发，从右边绕回廊一圈——这是因为装饰在墙上的作品以门厅为起点，基本上是按照创作年代的顺序陈列下来的。

墙上挂着数量众多的画框，从上百号的大作到几号的小品，同时充分考虑了相互之间的平衡。包括早期的素描和写生，几乎所有的一成作品都被收集于此。墙壁上挂不下的作品则被收藏在位于主馆内的保管室里。

“也不能一概而论说成是罪过吧！”三田村则之双手叉腰，环顾着墙上的画框。

“啊？什么意思？”

“我难以苟同‘优秀的艺术作品应该向世人公开’这个观点。”三田村苍白的脸上浮现出冷笑，他轻蔑地瞥了一眼五大三粗的美术商，“对于我来说，把梵·高和毕加索的画尊为‘人类共同财产’的这种评价方法本身就是无稽之谈，所谓公正的评价不过是产生幻想的装置。一百个人观赏毕加索的画，到底有几个人能从中发现纯粹的美呢？”

“这是强词夺理！”

“当然，我很清楚这种争论毫无意义，简直就是胡说八道。不过，我只是一个外科医生，既不是美术评论家，也不是社会学者。撇开那些晦涩难懂的理论，比如说，看到一成大师的作品，我不认为和我有同样想法的人在世界上会有五万人这么多。我相信除了我以外，不会有很多人看到这幅画时和我产生同样的感受。”

“哼。”大石对外科医生滔滔不绝的演讲嗤之以鼻，“也就是说，你对自己有幸‘被选中’感到心满意足了？”

“你这样说也未尝不可。”

“既然如此，三田村，你更应该想方设法改变一下纪一先生独占这些作品的现状吧？”

“如果你的意思是拥有这些画，那还用说吗？”

“如果可能的话，你想独占？”

“对。可是，你别说我，大石先生，森教授，你们也有这个念头吧？”

“这个嘛……”

（正是如此。）

森滋彦在稍远处侧耳倾听着两人的对话，扶正了架在鼻子上的眼镜。

（归根结底，我们的愿望就是取代藤沼纪一，“独占”这些作品。）

森滋彦也认为自己是“被选中的幸运者”。正如三田村所言，他在内心深处认为自己是能够理解藤沼一成作品精髓的少数几个人之一。

说到底，人只有被束缚在所谓的“文化制度”下，才能感知与思考。比如“艺术性”、“美”这些概念，无疑也受到这种“制度”的束缚。不，不仅如此，人类使用的语言本身也是这种“制度”的一部分。如果把某件艺术作品限定为只有自己才能理解的对象，与其说这是傲慢不逊，倒不如说正如刚才三田村所说，是“胡说八道”更为合适。可是……

（可是，比如说这幅风景画——）

森滋彦眺望着挂在圆形小厅内侧的一张一百号大的画布。

一眼望去，这是一幅奇妙的画。

在画布上，从右上角到左下角流淌着一条“河流”（或者也可以认为是一根粗壮的树干）。在这条浅蓝色的河流中，漂浮着三扇变形的“窗户”。“窗户”上用细致的笔法描绘了三个毫无关联的物体——

不明来历的黑色动物群、色彩斑斓的帆船以及鲜艳的石蒜花……

把这个作为“风景”来欣赏时，森的心中不禁生起莫名的感慨，而这种感慨总是让他失去身为美术史研究者的观察力。

他阅读过父亲森文雄关于一成作品的评论，动用已有的各种知识，也无法分析出感慨的实质。在潜意识里，他把这种风景理解为超越现代意义的存在。

这种无法解释的奇怪感觉，不是恰恰证明自己是“被选中的幸运者”吗？

他们怎么可能理解？！

不用说把作品作为赚钱工具的大石，口若悬河的三田村这个年轻人又怎么能理解这种感觉呢？

“可是，教授，真的没有办法说服纪一先生同意吗？”大石从三田村转向森。

“说服纪一先生同意？”

听到森的反问，美术商露出被烟熏黄的门牙。“就是那个，那个！我们从来没有见过的……”

“啊。”

“今天一来我就提出来了。”

“不行吧？”

“嗯，被他一口回绝了。他到底为什么这么讨厌我们的要求呢？”

“来的时候我在车上和三田村也说过了，我们暂时还是不要提这个要求为好。”

“只能这样吗？”大石不满地板着脸，用力抓抓鼻子，“他有必要这么顽固吗？”

三田村撇下两人，缓缓地走向连接别馆的东回廊。森也不再理睬大石的牢骚，一边侧耳听着暴风雨的声音，一边再次将心神集中到墙上的画中。

别馆大厅（下午六点十五分）

古川恒仁离开后，正木慎吾来到一楼，被坐在大厅沙发上休息的三田村则之叫住。

“啊，正木先生，做梦也没有想到今天能在这里和你见面。”外科医生端正的脸上浮现出柔和的笑容，“这十几年来你过得怎么样？”

“嗯，这就不要问了吧，三田村医生。”正木不堪烦扰，尽量用平稳的语调说道，“你就自己想象吧。”

“那怎么行，我很好奇啊。”三田村舔了舔嘴唇，“被藤沼一成寄予厚望的年轻画家——我是说在那之后，你的人生是怎样的……”

“你太残酷了。”

“不、不，我并不是存心要打听。我刚才的说法太过分了……我自己呢，其实有几张你以前的作品，所以……”

“那就更残酷了。”正木坐在沙发上，向前俯下身，“你比谁都清楚我封笔的理由。你看到我现在寄宿在这里，对那以后的情况也应该猜到一二了吧？”

正木从下向上侧视着坐在对面的这位白面小生。三田村摆弄着左手上的戒指，轻轻地哼了一声。

“对了，另外两位呢？你们没有一起赏画吗？”

“森教授一个人又去重新看一遍了，大石先生说他累了，回房间去了。”三田村抬起下巴指了一下从大厅向西延伸的走廊，意思是说大石的房间在那边。

“你看上去也很累。”

“是吗？昨天晚上有一个急诊病人，我没怎么睡觉，今天又很早就出发了。”外科医生细长的眼眶下出现了淡淡的黑眼圈。

“急诊？”

“是一起事故，听说非常严重。那个患者的血型是O型，不巧血库里的备用血不够，后来拜托森教授，总算渡过了难关。”

“哈哈，教授也是O型啊。”

“也是？”

“古川也是O型吧？我听说了几年前你们第一次到这里聚会时发生的事。”

“啊，那天晚上的事故啊……”

那天晚上，由里绘从塔的楼梯上滚落下来，头部没有受到重创，但不幸被旁边一辆小推车上的金属物割断了血管，大量失血，加上她本来就贫血，所以必须采取紧急措施。从这个偏僻的山沟到设备齐全的医院，要花太长时间，于是三田村决定就地输血，当时给O型血的由里绘输血的就是古川。

“当时森教授患了流感，所以只好拜托古川先生了。”

“原来如此，是这么回事啊。”

“他还在二楼吗？”

“我问了他去不去看画，他说等一下自己一个人去慢慢欣赏。”

“他一直都是这样，在我们三个人面前好像很自卑。”

“啊，你这么一说，我也感觉到了。他说自己只不过是一个破庙的和尚。”正木回想起刚才古川谦卑的目光，“还说缺钱什么的。”

“为这些不值一提的小事烦恼。”三田村怏怏不乐地皱着眉头，耸了耸肩，“有钱又怎么样？终究是个无聊的俗人而已，天下像这样的人不知道有多少！”

这句话明显是讽刺东京的美术商。

“俗人？”正木模仿外科医生耸了一下肩，嘴角露出淡淡的笑容，“没有钱的俗人最差劲儿了。”

餐厅（下午七点四十分）

“啊，这场暴风雨来势汹汹啊！”正木拆开一包新的香烟，“下这么大的雨不要紧吗，藤沼先生？”

“什么不要紧？”

“这座建筑啊！会不会发生山体塌方或者滑坡？现在通向城里的路不是有地方塌陷了吗？”

“这个嘛——”主人回头看着仓本，用和戴在脸上的面具同样冷若冰霜的声音回答，“这种事都是仓本替我操心的。”

“仓本先生，您看呢？”

“这十年来有过很多次类似的台风。”身材高大的管家依然板着脸，“从来没有发生过您所说的情况，我想您不用担心。”

“那就好。”正木转过身面对围坐在桌边的四位客人，“不过，暴风雨再这样下去，山下的道路不能及时修复，回不了家就麻烦了。后天就是星期一了，还有工作吧？”

“没关系，工作总是有办法的。”大石源造大笑起来，“万一真的被困在这里，我反而求之不得，正好借此机会可以多欣赏几遍一成大师的作品。”

“这样啊。”正木点了点头，“这样说来，暴风雨持续下去，最不乐意的就是藤沼先生了。”

在仓本的不懈努力下，虽然比当初说好的下午六点有所推迟，但总算在本馆的餐厅向大家奉上了一桌好菜。

用餐期间，大家都很少说话。

尤其是藤沼纪一，几乎一言不发。可能是出于这个原因吧，连白色面具上的表情也显得十分沉痛。饭桌上只听见大石源造压低嗓门说话的声音和几声干笑，正木有时附和几句，越发衬托出笑声的空虚。

没有人提及根岸文江的坠楼事件，谁都察觉到这是造成主人沉默不语的主要原因。

只有美术商这个“俗人”少了一分心眼儿。

“她到底是怎么不小心摔下露台的呢？”美术商说话不知轻重。提了这个问题后，他看见了主人严峻的目光，终于不再吭声。

黄昏时分，在山谷中咆哮的风声越来越大，雨水则时强时弱。雷声总算听不见了，但是随着夜幕的降临，暴风雨更加猛烈，让人觉得近在身旁，彻底断绝了水车馆与外界的联系。

蜷缩在轮椅中的藤沼纪一拿起桌上的茶褐色烟斗，环视了一下陷入沉默的众人。四位客人赶紧端正坐姿。

“我前些天生病了，今天晚上先回房了，保管室里的作品明天再请各位欣赏。”纪一把烟斗放入外套的口袋里，转动车轮离开了圆桌，“仓本，接下来就麻烦你了。”

“明白了。”

“由里绘。”纪一又对始终低头不语的妻子说，“你一个人敢上去吗？”

由里绘轻轻地点了点头，乌黑的长发微微地摇动起来。

“如果不想上去的话，就到我房间里来，知道吗？”

“是。”

“各位，失陪了。”

正木立刻站起身准备推轮椅。纪一举起戴着白色手套的手，制止了他。

“不用了，我一个人回去就行。”

仓本打开通向西回廊的对开门。当轮椅的背影消失在昏暗的走廊后，在座的所有人都吐了一口气。

“哎呀呀，今天晚上那件事又泡汤了。”大石悻悻地说。

“那件事？”正木疑惑不解。

三田村发出一声冷笑。“就是那幅《幻影群像》。大石先生，你还不死心啊。”

“谁都想看那幅画吧。”大石皱起眉毛，睨视着比自己年轻的外科医生，然后蓦地回头看着正木，“啊，对了！正木先生，你不是一成老师的弟子吗？您知道那是一幅怎样的作品吗？”

“很遗憾。”正木说完，把一支烟叼在嘴里。

“看起来你和这里的主人交情匪浅，没听他提过那幅画收藏在哪里吗？”

“您的意思是如果我知道的话，我们现在就偷偷去看吗？”

“不是，不是，我不是那个意思……”

“呵呵……”三田村窃笑着。

正木摸着下巴上薄薄的一层胡子说道：“很遗憾，我不知道，不过确实收藏在这座建筑里的某个地方。”

“是吗？”美术商赌气似的鼓起肥硕的腮帮子，又抓了抓鼻子。

他好像忘了刚被正木奚落过一顿，又把目标对准了由里绘。

“请问，夫人——由里绘小姐，那个……”

“大石先生！”森滋彦厉声呵斥道，“请你适可而止！”

“教授说得对。”三田村嘲讽地说，“听你说话心情都变差了，好像连我们也变成了没有廉耻、跟着瞎起哄的人，没错吧？古川先生，你说呢？”

“啊，这个，是啊——”古川恒仁煞白的脸上抽筋似的挤出笑容，“我理解您想看那幅画的心情……”

“算了，别为这么点儿小事伤害我们之间的感情。”三田村的语气迅速缓和下来，他对把头低得越来越深的美少女说，“让您见笑了，由里绘小姐。”

“这个……”

“正木先生，你好像说过自己在教由里绘小姐弹钢琴。她的水平怎么样？”

“非常出色。”正木挑衅似的回答了外科医生的问题。

“下次有机会请务必让我们听听，由里绘小姐。”

由里绘涨红着脸，缓缓地摇了摇头。

“话说回来，您这一年间一下子漂亮了许多啊！”三田村眯起眼睛打量由里绘，“明年就二十岁了吧？哎，女大十八变。真羡慕这里的主人。”

第九章　现在

（一九八六年　九月二十八日）

藤沼纪一的起居室（下午四点四十分）

出乎意料，今天的下午茶演变为了针对一年前根岸文江坠楼事件的“调查会议”。这个“调查会议”结束后，我请客人们在六点半之前自由活动，接着就回到了本馆内自己的房间。

我的房间位于西回廊，由起居室、书房和卧室三个房间构成。

走廊北侧的这个宽敞的房间是起居室，起居室的南面是书房和卧室，卧室位于东面靠近中庭的一侧。起居室内有两扇门分别和另外两间房相连，卧室也有门通往书房，走廊上却没有门直接通向书房。

我把轮椅移到起居室的窗口，透过米色的蕾丝窗帘，茫然地望着大雨中朦胧的中庭，从外套口袋里掏出野泽朋子交给我的纸条。

滚出去。从这个家里滚出去。

我嘴里含着烟斗，却没有点火，所有的注意力都在这几个字上。

（什么人出于什么目的写了这张纸条呢？）

再从头整理一遍思绪。

首先，是什么人在什么时候把这封“威胁信”塞进了这个房间的门缝里呢?

大石、森、三田村是下午两点过后抵达这里的。当时，我和由里绘出门迎接第一个到的大石。我们经过西回廊——也就是从这个房间的门口走向大门，那个时候门缝里还没有这个东西。

后来，三位客人各自去自己的房间，我和由里绘再次经过这里回到塔屋，当时我也没有发现门缝里有任何东西。

我是坐在轮椅上的，考虑到自己的视线高度，这个“没有发现任何东西”的可信程度很高。因为无论是自己转动车轮还是由别人推轮椅，我的视线总是落在前方的地板上。如果自己房间的门缝里有这样一张纸条，我不可能没有注意到。

那么，然后——出门迎接三位客人后，我和由里绘回到塔屋，在那里一直待到将近下午三点。我下到一楼后，就被野泽朋子叫住了。

朋子说这张纸条是刚才岛田洁交给她的，那么岛田应该是在两点五十分左右发现的。

假设这张纸条不是岛田写的，那就说明纸条是在下午两点二十分到五十分之间被塞进门缝的。三位客人有可能在这期间趁仓本和朋子不注意偷偷摸摸来过我的房门口，当然也不能排除“寄信人”是仓本或朋子的可能性。

从客观情况分析很难限定“寄信人”的范围,唯一可以确定的是，我不是“凶手”。

仅凭手中这个线索根本无从判断，我百思不得其解。

(例如……)

我看了一眼通向书房的门，赶紧摇了摇头。

(别胡思乱想了。)

这时，走廊一侧的门外传来敲门声。

“哪位？”

“是我，岛田。”

我一看时钟，正好是五点。喝完下午茶后，我让岛田五点钟来房间找我。

他的时间观念很强。我心里想着，哑着嗓子请他进来。

“打扰了。”

岛田脚步轻快地走进室内，环顾了一圈。

“呀，这个房间真不错，装饰得清新雅致，真好啊。”

“请坐。”

我请岛田坐在沙发上，自己把轮椅移到茶几旁。

“我们开门见山吧，我请你来这里的原因是……”我注视着这个把身体埋在沙发里的男子。

“是那张纸条吗？”岛田抢过话头。

“对。这张纸条是你发现的，我想请问当时的细节。啊，在这之前我问一句——”我舔了舔干燥的嘴唇，“你看了上面的内容吗？”

岛田露出难为情的笑容。“我没有偷看别人的信的爱好，可是，这张纸条并没有装在信封里……”

“你看了？”

“您认为呢？”

“真是个滑头。”我心里很不痛快，把手里的纸条扔在桌上，“请看，我并不打算隐瞒。”

岛田默默地拿起纸条，扫视了一眼上面的内容。

“这是针对我的威胁信。”

“藤沼先生，您说这是威胁，那么对方到底是根据什么威胁您‘滚出去’呢？”

“这个……”

“恕我失礼，您对自己受到的威胁心里有数吗？”

“没有。”我回答问题的声音含糊不清，然后用更含糊的声音说出了自己的猜想，“但是，这个解释你认为怎么样——比如说，销声匿迹的古川恒仁是寄信人。”

“恒仁？”

“你看起来是个推理爱好者，我现在也在发挥推理的想象力。比如说，去年消失的古川潜伏在这里图谋不轨。”我打开了话匣子。

岛田猛地紧皱眉头。“就算这样，那么您认为他潜伏在哪里呢？”

“某个地方吧。”我试探他的口风，“岛田先生，设计这座房屋的是中村青司，你知道他是个什么样的人吧？”

“哈哈。”岛田一拍手，“您是说在这里有您自己也不清楚的机关？比如说密室、暗道等？”

“我认为有这个可能性。”

“啊，你的意见很有意思，嗯，太有意思了。”

岛田频频点头，慢慢地把纸条折起来放在了桌上。

“您是希望我回忆一遍发现这封威胁信时的状况吧？”

“是的。我想这多半是一个无聊的恶作剧，但还是不能释怀，麻烦你仔细回忆一遍。”

“恶作剧……这是您的真心话吗？”

“我不愿意认为今年也有人心怀鬼胎。”

“原来如此。”岛田眯起眼睛，盯着我的面具，“也没有什么详细情况好说的。那三位客人到达的时候，我正好一个人从北回廊开始欣赏一成大师的作品。我走得很慢，花了很长时间才走到这里，就发现这扇门的下面露出一样绿色的东西，像是深红色的地毯上有一块污痕。我当时觉得不对劲。”

“地毯的污痕啊。”

我再次拿起桌上的纸条。“当时，走廊里没有别人吗？”

“我没有看见其他人。”

“唔。”

“您有什么想法吗？”

我踌躇了片刻，和盘托出了自己的一番分析。

“根据您的推理，时间范围被缩得很小了。”岛田对我的分析表示同意，“我也认为您出门迎接那三位客人时没有发现任何东西的可信度很高。”

“哦？”

“我发现的时候，这张纸从门缝里露出很多，非常显眼。综合考虑坐在轮椅上的您的视线，假如当时纸条已经被塞在门缝里了，您不可能没有注意到。”

“唔。”我点点头，心里像打翻了五味瓶。

“可是，现在从客观条件出发，暂时无法断定谁是‘寄信人’。不过，从动机着手推理的话……主人，您真的没有什么线索吗？”

“我不是说了没有吗？”

“是吗？那就认为没有吧。”

岛田耸耸肩膀。我猛然意识到自己说得太多了。

如果这个男人真如他所说没有偷看别人的信的爱好，那么他是不是并没有看过上面的内容呢？由此说来，我叫他来自己的房间是多此一举。对于我来说，我不希望有人过分地——不仅对过去，也对现在——刨根问底，破坏这里的静寂。

“对了，藤沼先生，”岛田似乎察觉到我想结束这次的谈话，从沙发上起身，“隔壁房间是您的卧室吗？”

“是。”

“有两扇门？”

“右边的门通向书房。”

“书房？哦，书房啊。唔，真好啊，有书房。”岛田像个孩子一般眼睛一亮，“我也曾经很想拥有一间书房。我家是九州的一所寺庙，所以……我觉得书房这个叫法只适用于西式洋房。如果方便的话，能让我参观一下吗？”

“很不巧，这扇门打不开。”

岛田愕然地问道：“打不开？”

“开不了。”

岛田不可思议地盯着那扇褐色的门，我却移开了视线。

“不知道钥匙在哪里。”

“钥匙丢了吗？”

“嗯。”

“没有备用钥匙吗？”

“备用钥匙也找不到了。我平时很少去书房，门锁又是老式的，修起来太麻烦，就没管它。”

“噢噢。”岛田抽动了几下硕大的鹰钩鼻，兴趣盎然地盯着书房的门，“有意思。我这样说太失礼了吧。原来如此，是一个‘打不开的房间’啊。”

北回廊（下午五点五十分）

岛田洁离开后，我来到起居室北边的盥洗室，在自己专用的低矮的洗脸池前摘下白色橡胶面具和手套，用冷水冲洗被汗黏湿的脸。

洗脸池上没有安装镜子，所以我很久没有见过自己的本来面目了，只在洗脸时根据指间的感触想象自己丑陋的容颜。

一个人在房间里难免思潮涌动，我离开起居室以逃避无意义的胡思乱想。

我熟练地在被狂风暴雨包围的走廊上操作轮椅，单调的水车声夹杂在风雨声中，仿佛是在水车馆深处跳动的心脏。

我朝塔的方向前行。

路过餐厅时，只见仓本在心不在焉地整理着餐桌，野泽朋子则在厨房里忙碌。

看见我的身影，仓本连忙站得笔挺，向我鞠了一躬。我没有进去，径直前往北回廊。

前方的右手边出现了那扇黑色的门。我回想起今天早上野泽朋子说过一番让我忧心忡忡的话。

“有一股怪味……”

(怪味？)

我说是心理作用，她却仍然惶惶不安。

(朋子会是那个恐吓者吗？)

她当然有机会。可是，这个愁眉苦脸、胆小怕事的人会做出这样离谱的事吗？

我认为不可能。首先，她根据什么让我“滚出去”呢？

那么——

（仓本又如何呢？）

（假如那封信是他写的……）

我停下轮椅，透过走廊的窗户眺望中庭。在白色的门灯下，水池里溅起无数的雨点，对面的别馆里亮起了几盏灯。

刚才给岛田看过后，我又把纸条塞进了口袋。我在心里回味那一抹绿色。

（仓本有机会。）

（目的是什么呢？这句话里包含着什么意思呢？）

我一直认为，对仓本而言，最重要的不是房屋的主人，而是房屋本身。他不是为藤沼纪一服务，而是为水车馆服务。从这一点考虑，他也不是没可能对我心生厌恶。

然而，我还是无法释怀。假如仓本真要威胁我，应该谨慎地采用更有效的方法。

（难道是……）

我的下一个怀疑对象是由里绘，不过我随即就否定了。

不会的，绝对不可能。

经过起居室门前去大门迎接三位客人的时候，我什么也没有发现。后来，由里绘一直和我在一起，因此，她根本没有机会把纸条塞进门缝——对！没错！

我用余光扫视着挂在左手边墙壁上的风景画，慢慢地行进在北回廊上。靠近中庭的一侧已经拉起了窗帘，墙上几盏零星的电灯发出微弱的光芒，悠长的走廊宛如一条灰色隧道。

我回忆起去年的疾风骤雨之夜，北回廊的墙壁上有一幅画不翼而飞。那是一幅题为“喷泉”的小品画，八号画布上以黎明时分的夜空为背景，一道喷泉在平缓的山坡上描绘出奇特的轮廓，歪扭的水形和天空中仿佛波浪般汹涌的云彩……

“……请原谅我的无礼，不过，你比去年更漂亮了。”

嘈杂的雨声中忽然传来一个男人压低嗓子的声音，来自大门紧闭的小厅——

“由里绘小姐，我恨透了这里的主人。”

“……”

“这是人之常情吧。主人把如此美妙的佳作全部藏在水车馆里。不仅如此，他甚至把你这样一位……”

这是三田村则之的声音。尽管听不见另外一个人的声音，但是似乎是他和由里绘两个人。

我屏气凝神，慢慢地靠近门口。

“……对对，其实呢，我有一个请求，需要麻烦你。”

“……”

“今天晚上能让我看一眼你房间里的画吗？嗯，我第一次来这里的时候曾经看过，现在很想再欣赏一次……”

“……”

“不，不要告诉他。我们瞒着主人，被他知道肯定会不乐意的。今天晚上想好好和你谈谈，我有很多话要说，你应该会感兴趣的。怎么样，没问题吧？”

“……”

“太好了。那么，今天晚上十二点之后，就这么定了。”

(由里绘。)

我几乎大声叫嚷起来。

隔着门，我看不见由里绘同意了三田村的提议，也听不见她的声音，却感觉到她没有拒绝对方的请求。

（为什么不拒绝呢？）

（为什么对这个男人的要求……）

我心乱如麻，拼命让自己冷静下来。我想推开大门告诉他们“你们的话我全都听见了”，可是……

（是嫉妒吗？）

对自己的憎恶无穷无尽地涌上心头，暂时麻痹了我的思想。

（由里绘确实越来越漂亮了。）

因此，去年有所收敛的外科医生，今年对由里绘“食指大动”也在情理之中。然而，就算如此……

我感到自己被彻底打倒了，调转轮椅的方向，回到昏暗的走廊上。

餐厅（晚上七点十分）

晚饭后——

“那台电视是什么时候买的？”大石源造一边使劲用餐巾擦拭脏兮兮的嘴，一边大声问我，“这么古典的房间里有一台电视，感觉有点不伦不类。”

“去年发生那起事件以后买的。”我看了一眼靠外墙摆放的大型彩电，“我突然觉得这个家太死气沉沉了。”

到去年为止，这座宅院里只有主人房和两间用人房里有电视。

“可以打开看看吗？”

“请便。”

大石拿起放在桌上的遥控器，打开了电视。这个地方原本就信号不好，加上今天的天气原因，屏幕里的图像比平时更模糊。

“哦，台风速报。”

大石的叫声让所有人的注意力都集中在电视里正在播出的节目上。

据电视报道，台风十六号席卷了整个九州，预计今天晚上到明天清晨，向东跨越日本海后，台风势力将有所减退，但是中国地区仍然有强降水，必须高度戒备。

“幸亏道路没有进一步塌方。”三田村则之端着一杯白兰地。

“去年这个时候的台风和今天的台风一模一样，连风向都一样。”大石干笑着说，“哎呀呀，这就叫作偶然。仓本先生，能给我一杯加水威士忌吗？主人，您要加冰块吧？”

“不，不用了，我现在不想喝。”我拿起烟斗，“各位请随意。岛田先生呢？您也喝一杯吗？”

岛田洁和白天判若两人，晚饭时一直沉默不语，手指还是在桌上动个不停。不知何时，他的面前出现了用餐巾和下酒小菜制作而成的各种“作品”——不仅是“仙鹤”和“小船”，还有很多从没见过的复杂“作品”——看来他的手指因为“折纸”的习惯，根本停不下来。

“酒？”听到我的问话，他如梦初醒般停下忙碌的手指，“啊，那么我也喝一点儿。”

待岛田也拿了一杯酒后，大石高高举起手里的杯子以示干杯。

“那么，干了这一杯。”

“为一成大师精彩的作品。”三田村接过话头，“同时也为主人的健康和由里绘小姐的美貌。”

听到他大言不惭地说出这句肉麻的奉承，我身边的由里绘微微一笑。我看到这一切，胸口堵得发闷。

由里绘还没有告诉我她和三田村的对话，我也不打算开口问她。

“教授，”三田村问弓起背、低头看着桌子的森滋彦，“怎么了？今天格外安静嘛。”

“是吗？”森重新戴好附带助听器的眼镜，以掩饰自己的慌张。

我也发现了他不大对劲。从吃饭前开始一直到现在，森始终低着头，一声不吭。他原本就不胜酒力，也不擅言辞，但是今天尤其古怪。

回忆起来，今天喝下午茶的时候他就心事重重，似乎一直惴惴不安。

“有什么心事吗？”外科医生又问了一句。

“没有。”教授含糊其辞摇头否认，随即又抬起头，似乎打定了什么主意。

“其实……我还是说出来比较好。”他把视线转向把玩着酒杯的岛田，“岛田先生，我一直在琢磨一件事。”

“什么事？”

“下午你曾经提到过去年根岸文江的坠楼事件。”

“啊，你有什么线索吗？”

“嗯……怎么说呢？”森滋彦把手搭在宽大的额头上，“我也不知道算不算线索。你认为那不是意外事故，而是他杀，对吧？”

“对——不过，针对电梯那个环节，就像三田村医生说的一样，我的推理漏洞百出。”

“我听你的推理，忽然回想起了一个细节。因为实在微不足道，所以我一直没有在意。”

“唔。”岛田抿了一口酒，舔了一下湿润的嘴唇，“是什么细节？”

“当时——也就是听到骚动后我们跑到大门口的时候——仓本的叫声传到了别馆。不一会儿，大门口就吵嚷起来，我们觉得出大事了，就冲到大门口。文江被水冲走后，我们又回到了别馆。”

森摆弄着眼镜框，结结巴巴地回顾着一年前的经历。

“在回别馆的走廊上，我好像看见了——”

“您看见什么了？”

“我看见走廊的地毯湿了。”

“地毯？”

“对。我记得在回别馆的南回廊上，地毯被雨水弄脏了。”

“你到底想说什么？”大石在旁边插了一句。

“大石先生，这个，啊……原来如此。”岛田点了点头。他放下酒杯，眼睛直视着森，手上又开始了“折纸”的动作。“教授，请继续说。”

“你听明白了吗？刚出了那种事，我记得我走在四个人的前面——我、大石先生、三田村，还有古川——沿着走廊回别馆。当时我们每个人都被淋成了落汤鸡，走过之后，地毯被打湿的话一点不奇怪，但是我看见的是前面——就是我们还没有走到的那一段。”

森说到这里，餐厅里鸦雀无声，只听见室外的风雨声，还有偶尔在远方响起的雷声。

“这么说来，”大石煞有介事地说，“在我们穿过走廊之前，有一个被雨淋湿的人走过了同一条走廊……”

“似乎是的。”岛田说道，“简而言之，在大家听到骚动冲向大门的时候，当时有一个人——是鞋子已经被雨水打湿的人——混在大家当中。所谓‘大家’，就是在座的三位和已经去世了的正木先生。随之而来……啊，教授，我可以说下去吗？”

“请讲。”森点点头，脸色煞白。

“随之而来的问题就是，这个人是怎么被水打湿的？洗了澡吗？不是吧。当时有哪位泡了澡或者洗了淋浴吗？”

没有人回答。

“还有其他可能性。比如说，对了，有没有哪位打翻了花瓶，或者房间的厕所管道被堵住了？没有吧？这样一来，这个人被打湿的原因只有一个，他是被雨水淋湿的。”

岛田看着森，征求他的意见。

教授点点头。“对，我也是这样想的。我们之中有一个人当时已经被雨淋湿了……”

“那么，接下来的问题是，这个人是什么时候、在哪里被淋湿的？我再问大家一次，有哪位主动承认当时已经被雨淋湿了吗？同时请解释清楚原因。”

岛田的声音又一次被吸进了餐厅虚无缥缈的空气中。

“没有，一个人也没有。”岛田心满意足地继续侃侃而谈，“就此可以得出结论，这个人是在塔屋的露台被雨淋湿的。有一点不容置疑，这个人和根岸文江的坠楼有密切关系；更极端的说法是，这个被雨淋湿的人正是把根岸文江推下露台的凶手。”

大石张了张嘴，似乎要反驳岛田，最终却想不出恰当的理由；森一直用手帕擦汗；三田村若无其事地盯着手里的酒杯。

岛田巡视了众人一眼，又开口了。

“说不定还有别的可能性。可是，刚才森教授说出的事实，至少为我提出的‘他杀说’提供了有力的支持。怎么样，藤沼先生？”

“我没有意见。”我硬邦邦地回答。

“三田村医生呢？”

“哼。”外科医生哼了一声，“岛田先生，你想就此认定去年杀害正木先生的凶手不是古川吗？”

“嗯，没错。”回答了外科医生的问题后，岛田压低了声音，“不过我还不能下此论断。根岸文江是被人杀死的，当时古川恒仁有明确的不在场证明，因此他也不是杀害正木的凶手。不过，这只是被动地排除了古川作案的可能性。”

“不错。”

“可是，三田村医生，电梯和地毯这两个疑点——现在我们掌握了这两个事实，我想请大家重新审视去年的那起事件。凶手果然是古川恒仁吗？如果不是，那么真凶又是谁呢？”

三田村耸了耸肩，端起酒杯。

“因此……”岛田再次轮番打量了一遍桌边的每个人。谁也没有开口，站在岛田正后方候命的仓本装模作样地咳嗽了一声。

“我不想浪费大家聚在一起的时间，但是我有一个建议。我们先把根岸文江的事件放在一边，下一个问题当然就是那天晚上古川恒仁的出逃——不，应该说失踪——失踪事件。我听说了大致情况，我们能在这里再详细讨论一遍他从别馆二楼消失时的具体情形吗？”

第十章　过去

（一九八五年　九月二十八日至二十九日）

北回廊（晚上八点十五分）

戴着面具的主人独自回房后，没多久，由里绘也离席走楼梯回塔屋了，正木慎吾等五位男士也决定回别馆。

他们依次走在昏暗的北回廊上，墙壁上排列着藤沼一成的作品。

“各位，假设……”正木忽然在回廊的中段停下了脚步，“假设，藤沼先生说他可以出让一幅画……”

“主人这样说了吗？”大石大叫起来。

“我是说‘假设’。”正木苦笑着说，“假设是这样，大家打算出多少钱呢？”

“前提必须是他愿意出让。”大石瞪大一双小眼睛，“当然也要看具体是哪幅画，不过不管是哪幅画我都不会吝惜。”

“噢。那么，假设是这幅画呢？”正木对大石的孩子气感到好笑，随手指着左手墙壁上的一幅小品画。

“《喷泉》啊？是一九五八年的作品。”大石抱着双臂观察描绘在山坡上的喷泉，“一千五百万。”

“这样啊，这个价格还算过得去。”正木抿嘴一笑，“其他三位呢？”

“无聊的问题。”三田村摩挲着自己的尖下巴。

正木满不在乎地回应：“我就是一个俗人。那么，我让这个假设更具有现实性。我们这样考虑吧，我想方设法请求藤沼先生，说不定他会同意。十二年前出了那起车祸，他一直对我过意不去。”

“哼。”三田村板着脸回答，“藤沼一成大师的作品不能用金钱来衡量。不过，假如真的肯出让，我也不会计较价格。”

“森教授呢？”

“这个……”森欲言又止，然后深深地低下头给出了回答，“我也一样。”

“古川先生呢？”

古川不置可否地摇了摇头。正木看到他懊恼地紧咬下唇，心里涌起一股罪恶感。

“这样说来，假如是为了得到那幅《幻影群像》，各位都愿意支付巨款了？”

“可是，那幅画还没有看过呢。”大石不满地叫起来。

正木一挥手。“怎么说呢？我认为，这种观念——艺术品的客观价值——和一成大师的作品没什么关系吧。”

“一语中的。”三田村大笑，似乎在嘲笑包括自己在内的所有人，“你说得很对，正木先生。我们——不，至少是我，对一成大师的作品抱有很大的幻想。”

别馆大厅（晚上八点五十分）

“刚才的话，你怎么想？”大石源造揉着油光发亮的蒜头鼻问三田村。

三田村坐在沙发里，手里拿着一杯白兰地。他抬起细长的眼睛，眼圈在酒精的作用下已经发红了。

“刚才的话？”

“就是那个呀，正木刚才在走廊里说的话。他说如果他去和藤沼先生商量，说不定藤沼先生会答应卖画。”

三田村不屑一顾地皱了皱鼻子。“你当真了？”

“这又不是不可能。”

“假如正木先生真的试着去劝说藤沼先生，说不定的确有可能。可是，他根本没这个打算，只是拿我们寻开心而已。”

“不不，可以想办法和他谈交换条件。”大石一副生意人的口吻。他把嘴里的烟放进烟灰缸，从桌上的纸巾盒里抽出一张纸巾，在上面吐了一口痰，“比如说，他从半年前开始就寄宿在这里，是有什么特殊原因吧。住一两个月也就算了，半年——我觉得里面有文章。”

“有文章？”

“对，大有文章。想必是穷困潦倒，说不定还有更糟糕的原因。我今天是第一次看到他，但是感觉在哪里见过这张脸，好像是看过他的照片。”

“照片？”

“我想不起来，有可能是报纸上的照片……如果打探一下……”

“哼。”三田村摆弄着戒指，冷冷地说，“你想和他做一笔交易吗？”

“说直白一点儿，就是这样。”大石一脸猥琐的笑容，“我常常想，世上的人大致分为两种，有钱和没钱。有钱没钱都写在脸上，生意人一眼就能看出来。正木这个人显而易见是没钱的那种。你也是这样想的吧？他和那个和尚不相上下。”

“这样说来，我感觉古川今年更加萎靡不振。”

“是啊。他一直是这副德行，特别是刚才谈到用几千万买画——那个掏不出钱的和尚越是对一成大师的画着迷，就越是痛断愁肠吧。”

这时，楼梯上传来脚步声，有人下楼了。大石赶紧闭上嘴。走出房间的正是他刚才提到的“和尚”古川恒仁。

古川看到坐在沙发上说话的两个人，顿时停下脚步，神经质地垂下眼帘。

“古川，过来一起喝一杯吗？”

看到大石热情地招呼古川，三田村无言以对。

“不。”古川摇摇头，“我去走廊里看画。”

他缩着身体，慢吞吞地往南回廊走去，大石又吐了一口痰。

“阴阳怪气指的就是这种人。”

“感觉他顾虑重重。”

“可怕，可怕，我最讨厌这种性格孤僻的人。”大石夸张地瞪大眼睛，在自己的酒杯里倒满了拿破仑酒，“好了，我等一下去和正木谈谈……”

三田村冷冷地看着大石的秃头，在心里骂了一句“俗人”。

“早知如此，还不如和教授去下象棋。”

三田村每年都有这个想法。

别馆大厅——回廊（晚上九点五十分）

收拾完餐厅后，仓本沿着北回廊走向别馆。

他貌似平静，其实内心一直到现在都很惊慌。几个小时前看见的那张脸——根岸文江经过窗户时头朝下的脸——在他眼前挥之不去。这十年来在同一个屋子里共事的文江，她临死前的那张脸以及那副表情……在轰鸣的雨声中传来的那声惨叫也盘旋在他的耳边，不断响起。

被水车从水渠里挑起来又被洪水冲走，她生存的可能性几乎是零。警察打电话来通知道路塌方无法搜救时，也带有“反正为时已晚”的语气。

死神猝不及防地带走了这个老朋友。

仓本自认为不是冷血无情的人，然而不知为何，对于文江的不幸，他并不感到悲伤。

他也认为文江的遭遇可悲可叹，但是心里更多的是震惊和莫名的恐惧。这两种感觉纠结在一起，让他心神不宁。

他甚至很吃惊——自己笨手笨脚地准备晚餐和伺候众人吃饭时，居然没有摔碎一个碗碟。文江的脸庞和声音不断浮现在脑海里，仓本拼命地控制住不停颤抖的手指。

（没必要多想。）

他反复告诉自己。

事故已经发生了，现在纠结于此也无济于事，眼下的首要任务是顺利完成今天晚上剩下的工作。

大石、森和正木在别馆的大厅里聊天；三田村在浴室——别馆一楼北面的浴室里传来淋浴声；森的头发湿漉漉的，看来他已经洗过澡了。

“有什么需要吗？”仓本殷勤地对三人说，“酒请随意从那边的柜子里拿。冰箱里的冰块够吗？”

“足够了。”正木回答，“这里的情况我很熟。仓本先生，今天你也累了，不用管我们，早点去休息吧。”

“太不好意思了。”仓本毕恭毕敬地低下头，“那么，如果有什么需要请尽管开口。主人吩咐说走廊上的画可以随意欣赏，但是这里十二点熄灯，请各位不要在十二点之后去走廊上。”

“知道了，每年都是这样。”大石龇牙咧嘴地取笑仓本的老生常谈，他似乎喝了不少酒。

“那么我告辞了。”仓本扫视了一遍大厅，再次毕恭毕敬地低下头，“请慢慢聊。”

仓本离开别馆的大厅，大步流星地走向厨房，还有一大堆没洗的餐具在等着他。

收拾完厨房后还要检查水车的机房，确认门窗是否关好……对了，文江说过要提醒主人吃最后一次药。怎么办呢？算了，主人的健康不是自己的分内事。

想到这里，女佣坠楼身亡前的样子又出现在眼前，同时耳边响起那声撕心裂肺的惨叫。

他用力晃动脑袋，赶走这些记忆。此时他已经走出角落里的小厅，来到北回廊。

外面风雨依旧，雨点喧嚣地击打着靠中庭一侧的玻璃窗。昏暗的走廊上，一个人影倏地进入了仓本的视线。

这个突然出现的人影让仓本一惊。看清楚那个人的光头后，他马上意识到这是古川。骨瘦如柴的身体上穿着白衣黑裤，从远处看，就好像一个打工回来、筋疲力尽的穷学生。

他面对外侧墙壁，交叉双臂认真端详着墙上的画，没有注意到从小厅走出来的仓本。

古川向前迈出一步，双手摇摇晃晃地向画框伸去。

他的动作看上去仿佛被什么附体了。尽管仓本一时之间不明白他到底要做什么，但是这座建筑里的作品是不能随意用手触碰的。他轻轻地咳嗽了两声，提醒对方自己的存在。

古川身体一震，回过头来，认出是仓本后，慌忙缩回了手。

“您可以自由欣赏。”仓本不紧不慢地往前走去，“但是请不要用手触摸。”

“啊，不是的。”古川的眼神游离不定，“我并没有这个打算……是这样的，看到这么超凡脱俗的画，我不自觉地……”

“总之，请您不要触碰作品。”

古川棱角分明的脸涨得通红。仓本知道他不是生气，而是羞愧。

“拜托您了。”

仓本又叮嘱了一句，和古川擦肩而过，只听见垂头丧气的古川叹息了一声。

走到厨房前，仓本发现古川还保持刚才的姿势，低垂的视线正在偷偷窥探自己的行踪。

仓本心里直犯嘀咕，但是也不能站在这里一直监视他。他默默地看了古川一眼，决定稍后向纪一报告。他在心里这样盘算着，推开了自己并不熟悉的厨房门。

仓本庄司的房间（凌晨一点五分）

一道很不自然的光线晃了几下。

（光？）

仓本的房间在本馆的尽头。他正准备拉上窗帘，看到这束光线后揉了揉沉重的眼皮，凝望着风雨飘摇的室外。

本馆的最东侧有两间用人房，隔着一道小走廊，位于厨房对面。北侧——也就是面对回廊的那个房间是根岸文江的卧室，仓本的房间在隔壁的角落里，有两面对着中庭。

（这是什么光？）

他在晚上十点半终于洗完了厨房里堆成一座山的碗碟，随后像往常一样检查了水车的机房。

进出机房的门在西回廊上，大门旁边也有一扇小门，但是通常不从那边进出。

走进门后，地板低了一截，天花板和门一样高。这是一个紧邻房屋西面建造的细长形混凝土房间，在左手边的墙上还有一扇门，连接通向地下机房的楼梯。

因为墙壁使用了隔音材料，即便是在本馆的西回廊，也不会觉得外面转动的水车声刺耳。可是，一旦走进机房，宛如小工厂般的噪音便不绝于耳。

紧邻着墙壁，三个巨大的车轮永不停歇地转动。转动声、水流声、冲击车轮叶板的声音……这里的世界和“静寂”一词似乎毫无关联。

三根高高的车轴从墙上突出横穿房间，考虑到强度、耐久性和能量的传递效率，这些车轴都是由金属制成的。发电机横置在地上，把车轴围了起来。十年前，设计这座房屋的中村青司请这方面的专家制作了规模如此庞大的装置。

被委托管理这个房间和这些机器的仓本也没有完全掌握水车的结构，好在他大致学习了一遍运行和维护方面的手册，一般的问题都能应付。这十年来，除了半年一次的定期检查，只有一两次请专家来检查过发电机的故障。

仓本打开外侧墙壁上的窥视窗，检查着水渠。

外面的风雨虽然有所减弱，但仍然没有停止的迹象。水渠对面的前院里连一盏路灯也没有，在月黑风高的夜色中，轰隆作响的水流带动巨大的车轮，奋力转动着。

眼前的光景和身后的黑暗气息在瞬间让仓本心头一紧。尽管一切如常，夜晚的这个房间还是让人心惊胆战，何况是这样一个特殊的天气。

他用准备好的手电透过窗户照亮了水渠。虽然水位高涨，但是距离危险水位还有很大一段距离。达到危险水位时，就必须去设在上流的闸门调节水量，不过眼下没有这个必要。

然后，仓本又仔细检查了计量器，也没有发现异常。

走出机房，他又从“塔”开始，向右绕回廊一圈，确认门窗是否都关好了。

餐厅的窗户和北回廊西侧的后门都安然无恙。回廊中陈列收藏品的左侧墙上没有窗户，只在较高的位置上设置了通风孔。为了避免阳光直射到画上，在右手上方并排的柱子之间安装了木制隔板。

出了如洞穴般的小厅，仓本从东回廊向别馆走去。

三田村则之和森滋彦正坐在大厅的沙发上下象棋，正木慎吾在一旁观战，而大石已经带着拿破仑酒瓶和酒杯回了房间。

仓本惦记着刚才在北回廊里看到的那件事，便问起古川的去向。

得到的回答是他在十点半左右——比大石还要早——就回二楼的房间了。

“好了，我也差不多要回房间了。”正木从沙发上站起来。

仓本无意间看了一下钟，是晚上十点五十分。

仓本从南回廊前往门厅。虽说已经习惯了一个人巡视这个没有人气、仿佛洞穴一般的水车馆，但还是感觉阴森森的。尤其是今天白天出了那种事，在这个暴风雨之夜，仓本不知道多少次如临大敌地停下脚步。

走过西回廊回到餐厅，仓本没有发现任何异常。他负责管理的门窗都锁得好好的，陈列在回廊上的画框也摆得端端正正（纪一特别要求他在客人来访期间注意这一点）。

在餐厅的吧台上，仓本给自己倒上一杯睡前酒，这是他的习惯，别人并不知道。他看了一眼已经拉上窗帘的窗户，赶走一瞬间涌上心头的恐惧，为可能已不在人世的女佣祈求冥福。

就这样，结束了所有的工作后，仓本在十一点半回到了自己的房间。在厨房隔壁的浴室洗完澡后，他终于可以脱去毫无表情的管家面具和着装，放松身心了。

坐在摇椅上摇动着自己壮硕的身躯，品尝着威士忌，看着电视的一刻，让他感受到一天结束时的充实和安宁。当然，因为白天发生的那起事件，今天晚上的感觉和以往大相径庭。

喝完第二杯威士忌，他关上灯，一边驱逐依然盘旋在心中的根岸文江的脸，一边半醉半醒地向床边走去。就在把窗帘拉严的一瞬间，他看见了在黑暗中摇曳的黄色亮光。

亮光来自别馆方向。

宽敞的中庭正中间有一盏路灯，在风雨飘摇的深夜，路灯的白光十分微弱。而这道亮光充斥着整个空间——看上去十分遥远的大厅里亮着灯，而四周是房屋黑压压的影子。

三田村和森教授大概还在大厅里下棋吧。亮光来自大厅左上方——别馆二楼靠近走廊的窗户附近。

（是什么光呢？）

仓本在心里直犯嘀咕。二楼的走廊已经熄了灯，在黑暗的走廊上闪烁了几下，紧接着又消失了的光……

（有人在走廊上抽烟吗？）

（在熄了灯的走廊上？）

那不是打火机或者火柴的光。对了，好像是小型手电筒之类的……

仓本将脸贴在被雨水拍打的窗玻璃上，再次定睛凝望对面的黑暗——什么都没有。勉强可以看见窗户的轮廓，但是刚才摇曳的亮光已经不见了。

（算了，没什么大惊小怪的。）

不是什么大事。仓本告诫自己不要受到白天事件的影响而草木皆兵。

他困顿不堪。看到文江坠楼后，仓本狂奔出走廊，因此大腿和小腿的肌肉非常酸痛。

拉上窗帘，仓本沉沉地睡了过去。

藤沼纪一的书房（凌晨一点十五分）

不眠之夜。

在凉爽的夜晚，内衣下面和脖子上却渗出汗来，黏糊糊的很不舒服。原因之一是下雨，空气里湿度很大；还有一个原因是感冒，连续三天没有洗澡。

他很想冲个澡，但是根岸文江出了这种事，眼下连照顾他洗澡的人都没有。他可以自己从床上来到轮椅上，也可以换衣服，但是洗澡的时候身边不能没有人。

（文江也许已经不在人世了，明天开始请谁照顾自己的生活起居呢？）

请仓本代替文江，这看来行不通。纪一认为他是一个很有能力的“管家”，但是他的忠诚心并不是对自己，而是对这个家——这座没有生命的建筑。

证据就是，例如，他对纪一的情绪和身体的变化浑然不觉。好比这次的感冒，纪一在发烧前两三天，鼻子和喉咙就很不舒服了，可在文江提醒之前，仓本压根儿没有发现。

（是否需要重新找一个女佣？）

纪一在书桌前撑起双手，摘下脸上的面具。

这是一个正方形的房间。走廊一侧的墙壁上有一个砖制的壁炉，暖炉的风口向内开放——这个壁炉只是陈设，并没有实际用途。面对壁炉的左手边墙壁上是一个直达天花板的书架。

面具下的肌肤暴露在潮湿的空气中。这种感觉给十多年来戴着面具生活的他带来少许的解脱感，同时也带来了仿佛被悬挂在摩天大楼屋顶上的不安。

（面具下的这张脸……）

他从来没有照过镜子，然而出现在他脑海里的是全世界最恐怖的一张脸，被撕裂并烧毁，丑陋不堪。

他紧闭双眼，连连摇头。好不容易打消了浮现在心中的丑恶嘴脸，取而代之出现的是少女美丽的容颜。

（啊，由里绘。）

由里绘才是他内心的支柱。正如正木慎吾指出的，把她幽禁在父亲一成的幻想画中，并独占她，才是他生存的意义。然而——

（然而，由里绘虽然在自己手里，却又遥不可及。）

无能为力。无能为力，可是……

被他幽禁了十年的由里绘心如死水，宛如一个没有灵魂的玩偶，而且，只要她不打开自己的心，纪一的内心就没有真正的安宁。可是，到底要怎样她才会对自己敞开心扉呢？

他戴着手套抚摸自己的脸，感觉毛骨悚然。

（这张脸，这双腿，如果像以前一样……）

现在说“如果”已经毫无意义，他十年前就放弃了这个想法。他既没有寄希望于今后医学的进步，也早就停止了脚部的康复治疗。然而，看着由里绘一年比一年美，这种想法更加强烈地折磨着他。

这时，通向起居室的门外传来敲门声。

（呃？）

纪一惊讶地回过头。

（这么晚了，会是谁呢？）

他慌忙拿起桌上的面具，戴在脸上，把轮椅移到起居室门前，听见轻微的敲门声再次响起。声音小到几乎被外面的风雨声遮盖，听上去让人心惊肉跳。

“谁？”纪一发出嘶哑的声音，从书房来到起居室，来到通往走廊的门边。

“是谁啊？”他又问了一遍。

片刻之后，一个细弱蚊蝇的声音响起。“我是由里绘。”

他立刻打开房门，只见妻子身穿白色睡衣站在走廊上。

“这么晚，出了什么事吗？”

纪一大吃一惊。虽然离开餐厅的时候对她说过，如果一个人在塔屋害怕，可以来这里，但是没料到她真的会来。

“不敢待在上面的房间吗？”

“不。”出乎纪一的意料，她摇了摇头，“不是……”

“怎么了？”他疑惑地眨了几下眼，察觉出由里绘的异样。她的脸色比平时更加苍白，嘴唇发青，瑟瑟发抖。

“出事了吗？”

“我听到楼下有奇怪的声音，所以下来看看，发现餐厅的门开着。我放心不下，到走廊上一看……”由里绘声音沙哑，说话断断续续，“我打开灯，觉得不对劲，后门开了一条缝……”

“后门？”

“是的。而且，走廊上的画少了一幅。”

“你说什么？”他失声反问，“真的吗？”

由里绘蜷缩着身体，点了点头。“我想，事情很严重，我……”

“北回廊吗？”看到由里绘又点了点头，他抓住车轮的把手，“去叫仓本起来，由里绘，你也一起来。”

北回廊——别馆大厅（凌晨一点二十五分）

和由里绘描述的一样，餐厅东侧的门果然敞开着——每天晚上，仓本在睡觉前一定会关上这扇门。

对面的后门也开了一条缝。仓本绝对不会忘记关门，可是现在……

纪一让由里绘去叫仓本起来，自己则前往黑漆漆的北回廊。

在这条长长的回廊中部——左侧的墙面上确实少了一幅画。这个地方应该挂着一幅名为“喷泉”的小品画。现在连画框一起被人拿走了。

没过多久，身穿蓝色竖条纹睡衣的仓本慌张地从小走廊里跑了出来。

“老爷，到底发生什么事了？”

“你自己看。”纪一伸手一指墙壁。

“啊！”仓本一声惊呼，使劲揉了揉惺忪的睡眼，“这是……”

“有人把画拿走了，这是唯一的可能。”

“我睡觉前巡视的时候还在……”

“那就说明偷窃是发生在你巡视之后。”戴着面具的主人气急败坏地看着不知所措的胖管家，“你睡觉前锁好了门窗吧？”

“没错，都锁好了。”

“那边的后门也锁好了吗？”

“当然。”

“可是你看，现在并没有上锁。”

“呃……这么说来，有小偷从外面……”

“在这样的暴风雨中吗？”纪一理智地分析情况，“山下道路塌方，和城里的交通中断了。现在门锁被弄坏了，如果不是有人在内部接应，外面的人不可能进来。”

“可是……”

“事实也许相反，是里面的某个人偷了画，从这扇门逃走了。”

“在这样的暴风雨中吗？”这一次轮到仓本反问了。

纪一不悦地用力摇头。“我搞不清，但是现在门锁从里面打开，有一幅画不见了。无论如何，先问问那些客人再说。”

纪一命令仓本检查其他门窗和收藏品，自己则带着由里绘前往别馆。

“哦，怎么了，主人？由里绘小姐？”

两人一走进大厅，就听见一个金属质感的声音。三田村坐在里面的沙发上，面前放着一个象棋盘，对面是森教授。已经过了凌晨一点半，两人还在兴致勃勃地下棋。

纪一把轮椅移到两人面前，只见两人都在睡衣外罩了一件外套。

“你们两位一直在这里？”

三田村眼睛通红，不知道是喝了酒还是因为熬夜，看上去有些紧张。

“嗯，下完这一局就该睡觉了。对吧，教授？”

“啊，是啊。”森点点头，扶正眼镜，狐疑地看着纪一，“这么晚，您怎么了？”

纪一没有回答，而是继续追问道：“另外几位都已经睡了吗？”

“嗯，早就睡了。”三田村回答。

“古川和正木在楼上吗？”

“是啊。主人，到底怎么了？”

“是这样的，北回廊上有一幅画消失了。”

听到纪一的回答，三田村和森大惊失色，迅速站起身。

“消、消失了是什么意思？”

“连画框都不见了，而且，后门被人打开了。”

“那么……”

“看来只有被盗这一种可能。”

“这可不得了。”森惊慌失措地扭动身体，“赶快报警吧。”

“没用的，教授。”三田村说道，“下午警察不是打过电话来通知道路塌方吗？”

“啊，是吗？”

“主人，先别说那么多了，我们去现场看看。”

“不行。”主人摇头拒绝了这个要求，“首先我想把大家都叫起来，好好问问。”

“藤沼先生，您——”森脸色铁青，“你认为小偷在我们当中？”

纪一刚要说话，就看见仓本从南回廊气喘吁吁地跑进来了，宽阔的肩膀剧烈地上下起伏。

“其他地方都没有异常，门窗和我之前检查的时候一样。”

“辛苦了。”

纪一又命令仓本去大石的房间叫他起来，管家调转脚跟沿着来时的走廊跑走了。纪一转身面对呆若木鸡的三田村和森。“麻烦哪位去二楼把正木和古川……”

“出什么事了？”

从环绕大厅的楼梯上传来一个声音，所有人的视线都齐刷刷地对准那个方向。

“听到下面很吵，我就醒了。藤沼先生……咦，由里绘小姐也在这里。到底怎么了？”

正木慎吾是一身灰色针织衫配运动裤的打扮，他揉着惺忪的睡眼走下楼梯，一只手抓着楼梯的扶手，打量大家的表情。

听纪一讲述了发生的事，正木伸到嘴边捂住哈欠的手瞬间僵在了半空中。

“画被盗了？”正木双眼圆睁，大声问道，“谁干的？”

“画被人盗走了？”从仓本那里得到消息的大石源造踉踉跄跄地从走廊那头跑过来，“浑蛋！我绝对不会放过这个家伙！是什么人干的！”

“小声点，你叫破了喉咙也于事无补。”

戴着面具的主人冷静地制止了美术商，然后环顾众人。

“古川还没到——不好意思，教授，能麻烦你去叫他起来吗？”

“没问题。”大学教授脸色煞白，往楼梯走去。

三田村追上前去。“我也一起去吧，以防万一。”

“以防万一”的言下之意是盗画贼就是古川，三田村唯恐他加害森教授。

剩下的五个人神情凝重地目送他们走上楼梯。每个人（包括要求大家保持冷静的纪一）都难掩对这起突发事件的不安与困惑。

没有人说话，只有外面的风雨声震动着大厅内的空气。

没多久，森和三田村出现在楼梯的拐角处，身后却不见古川恒仁。

“怎么样？”纪一抬头问两人，“古川呢……”

“他不在房间里。”三田村从楼梯扶手上探出身体，“房间里没有人。”

别馆大厅（凌晨一点五十分）

当时，在场的人当中，有几个意识到了这是一桩咄咄怪事呢？

至少去二楼叫古川恒仁的森和三田村应该意识到了，其他人听到在一幅画消失以后有一个人又不见了，只是一阵哗然。

“不在房间里？”纪一鹦鹉学舌般反问了一句。

“嗯。”三田村一边走下楼梯一边回答，“门是开着的，行李都在房间里。”

“卫生间呢？”

“不在卫生间，也不在浴室。我们大声叫了好几遍，整个二楼都没有看见他。”

“可是……”说到一半，纪一终于明白了事实的怪异，他把戴着白手套的手抵在额头上，寻思下面该说什么。

三田村停下脚步，站在楼梯上看着纪一，森脸色发青地呆立在楼梯的拐角处。

“荒谬。”面具里终于传出两个字。

“是啊，我也不明白到底是怎么回事。”三田村接过话头。

“什么事这么荒谬？藤沼先生？三田村医生？”听到两人含糊其辞的交谈，正木在旁边问道，“一幅画被人偷了，有一个人——古川先生不见了。情况不是明摆着的吗？”

“正木先生说得没错。”大石叫起来，“别浪费时间了，赶快去追那个和尚吧。”

“在这里着急也没用。”纪一目不转睛地盯着正木和大石，“现在的问题在于古川不在楼上这一点。”

“怎么回事，藤沼先生？到底……”

“他现在不可能不在楼上。”

“什么？”

“是这样的，正木，”三田村走下楼梯，对神情迷茫的正木解释，“刚才——好几个小时以前，古川先生回了二楼，过了一会儿，你和大石先生也回房间了。我和森教授则一直在这个厅里下象棋。我们平时睡得没这么晚，但是今天白天出了那种事，我们都莫名其妙地有些亢奋，睡不着。”

“难道说……”

“你也明白过来了？就是这样。我们一直坐在那里的沙发上，如果他从楼梯上走下来，我们不可能没有留意到。”

“怎么会这样？”正木一脸难以置信的表情，“是不是搞错了……”

“没有错。至少我可以断定没有人从这个楼梯上走下来过。”三田村斩钉截铁地说道，然后长舒了一口气，“现在在二楼的房间里却找不到古川。”

“不可能啊。”

“对。能想到的解释是，他现在藏在二楼的某个地方，或者从别的什么地方逃走了……”

三田村眉头紧锁，经过抱着双臂的正木，走到纪一身边。

“藤沼先生，我认为有必要搜查一遍二楼所有的房间和走廊。”

“唔。”纪一点了点头，“我也一起去吧。正木，不好意思，还有三田村，麻烦你们把我和轮椅一起抬上去。”

身穿睡衣的管家笔直地站在旁边等待命令。

纪一回头吩咐他：“仓本，你在这里守着楼梯，如果有人下来，千万不要让他过去。啊——由里绘，你也在这里等我们，好吗？”

别馆二楼五号室——古川恒仁的房间（凌晨两点）

正木和三田村从两侧抬起纪一的轮椅，走上楼梯，大石紧随其后。森走在最前面，从楼梯拐角处来到二楼的走廊。走廊上亮着灯，是正木下楼时打开的。

一眼望过去，走廊上没有什么异样。地板上铺着青苔色的地毯，天花板很高，面向中庭的窗户上挂着和地毯相同颜色的厚窗帘。

“确实不在房间里吗？”

三田村和森把轮椅放在走廊上，戴着面具的主人再次向两人确认。

“嗯。”三田村毫不犹豫地点了点头。

森不停地摆弄眼镜框，皱着淡淡的眉毛，自言自语地嘟囔道：“我一个人也没看见。”

“你们别这么自以为是。”大石悻悻地说，“我听你们说话，什么消失啊，什么不可思议啊，什么不可能啊，是不是你们两个没注意到古川溜出去了？在这里磨磨蹭蹭，还不如赶快去找那幅画……”

“大石先生，”纪一目光如炬地睨视着美术商，“麻烦你安静一点。谢谢你对那幅画的关心，但是我们有必要知道到底发生了什么事。”

“可是，藤沼先生——”

“主人说得一点没错。”三田村摆弄着左手上的戒指，“首先，你在这里咋咋呼呼，事情也不会发生变化。你知道现在报警也没用吧？你打算冲出去在暴风雨里找那幅画？”

大石涨红了脸，终于闭上了嘴。

纪一对另外三个人说：“那么接下来，对了，能麻烦你们先检查这里的窗户吗？”

很快就得出了结论。

面对中庭的窗户全部都是关着的，从内侧插着插销，而且这些窗户全部是细长的回旋窗，就算是开着的，成年人也不可能钻出去。

走廊的右手边有两扇房门，前面的是正木的房间，里面的是古川的房间。

纪一自己转动车轮来到五号室，他让正木打开了房门。

“什么啊？”纪一小声咕哝。

灯火通明的室内充斥着白色的烟雾，类似玫瑰花的香味扑面而来，几乎让人无法呼吸。

“这是什么？”纪一回头问跟在后面的三田村。

“是焚香。”外科医生回答，“刚才我也吓了一跳，古川好像关着房门在里面焚香。”

确实如此，香灰在桌上的烟灰缸里堆成了一座小山。

纪一捂住鼻子问三田村：“房间里刚才就亮着灯吗？”

“不是，是我们打开的。”

“已经检查过卫生间和浴室了吗？”

“是的。”

“这样啊。正木——”

听到纪一叫自己的名字，正木走进了房间。

“什么事？”

“你一直在隔壁房间吗？”

“嗯。”

“你在隔壁房间没有听见什么异常的动静吗？”

“没有，什么也没有听见。”正木眯起眼睛回忆了一下，郑重其事地点了点头。

“无论如何，我们要按顺序检查所有可能藏人的地方。”三田村横穿过烟雾缭绕的房间来到窗边，一把拉开了青苔色窗帘，“窗户是关着的——各位，你们也看到了，两扇窗户的插销都插着。我去检查卫生间的窗户。”

“不用了。”纪一回答，“卫生间里装了换气扇，窗户都打不开。你们刚才进来的时候没看见窗玻璃被打碎吧？”

“嗯——这样一来，我们不得不承认发生了灵异事件。教授，你有什么想法吗？”

“怎么看上去也——”森站在门口，也许是被烟熏了眼睛，他把手伸到镜片下揉着眼睛，“走廊和房间里的窗户都没有异常，我和三田村一直在楼下大厅。这样说起来，他只可能藏在二楼的某个地方……”

森的话音未落，三田村就打开了房间里面靠右手边的大衣柜，里面只有古川冒雨前来时穿的衣服。

三田村又趴在地板上查看床底下，森也走过去检查了一遍书桌下，两个人一无所获。

“教授，他不可能在那里吧？”看到森低下头翻查房间角落里的废纸篓，三田村忍不住说道。

“不是的，说不定那幅画在这里面……”

“啊，是这样啊。”

要找的不光是人，如此一来“工程”就浩大了。正木和大石也加入进来，对包括卫生间和浴室的房间进行了一次全方位搜索。

桌子的抽屉、装饰架的后面、古川留下来的包、盥洗室的梳妆台、浴缸……所有可能藏东西的地方被翻了个底朝天，最终徒劳无功，唯一可以确定的是这个房间里的人消失了。

“天花板里面呢？有地方可以上去吗？”三田村问默默观望着搜索情况的纪一。

打开门以后，室内的烟散去许多，气味没有刚才那么重了。

“好像从走廊可以爬上去，我让仓本去看看。”

“不。”三田村举起手拦住了纪一，“我想到了一点。”

“想到了什么？”

“在隔壁正木的房间……”

“我的房间？”正木诧异不已。

“我不是说你把他藏起来了，而是有可能在刚才你下楼的时候，他趁机溜进了你的房间……”

“是吗？有可能。”

“赶快去看看吧。”

五个人没有关上古川房间的门，径直冲向隔壁的四号室。可是，他们的希望很快就落空了，正木的房间里也没有古川的身影。

和刚才一样，窗户插销、衣柜、床下、桌子底下、卫生间、浴室……房间被检查了一遍。正木打开桌子的抽屉和自己的包，里面并没有那幅画。

“只剩下天花板里面了。”三田村表情复杂地歪着嘴，讪笑着偷看主人的脸色。

纪一点点头。“叫仓本来吧。”

不一会儿，仓本拿着梯子和手电筒来到了二楼，换正木在楼下监视。

纪一、三田村、森、大石——在四人的注视下，仓本爬上梯子，费了一番工夫，终于打开了天花板上的一个盖子，然后用双手抓住四方形的洞口，吃力地把自己巨大的身躯撑了上去。

仓本在二楼的顶篷里来回爬了一圈，身上沾满了灰尘。他过了好一会儿才爬下来，气喘吁吁地向主人报告里面一个人也没有。

“你没有看漏吧？”主人失落地问。

他摇摇头，坚定地回答：“我以前也上去过一次，很熟悉里面的构造。”

“真的没有人吗？”

“没有，连一只老鼠都没有。”

这句话给“事件”下了结论——

古川恒仁从别馆二楼人间蒸发了。

第十一章　现在

（一九八六年　九月二十八日）

餐厅（晚上八点）

“原来如此。这确实是一个密室。”岛田洁发出惊叹，把手里的黑皮革笔记本倒扣在桌上，放下手里的笔——他好像记录下了我们叙述的要点。

“真希望亨利·梅尔维尔爵士或者基甸·菲尔博士能出现在这里。不对，对于这种失踪案件，还是克莱顿·劳森笔下的马里尼更合适。[①]”

岛田果然是一个不折不扣、好管闲事的推理迷。有两个人听他提到这几个名字后一头雾水——一个是和读书无缘的红脸美术商；还有一个是“书呆子”教授，他对自己专业以外的知识一无所知。

自诩为美男子的外科医生堆起笑脸看着岛田；仓本照旧板着脸；由里绘自从话题转移到去年的事件后就垂下头一言不发，长发遮住脸，根本看不见她的表情。

①亨利·梅尔维尔和基甸·菲尔是美国推理小说家约翰·狄克森·卡尔笔下的名侦探，他们和另一位美国推理小说家克莱顿·劳森塑造的名侦探马里尼类似，善于破解密室、人间蒸发这类不可能犯罪。

“我再来确认一遍。”岛田洁打开了话匣子，“你们检查的时候，别馆二楼所有的窗户都从内侧插着插销，窗户玻璃也完好无损，而森教授和三田村医生一直坐在楼下。尽管如此，古川恒仁回到二楼房间后就再也不见了。衣柜、床下、天花板里面……所有能够藏人的地方——不，你们还顺便找了那幅消失的画，所以不能藏人的地方也都被检查过了，可是什么也没有发现。从现有事实判断，他从别馆二楼神秘失踪了。”

岛田洁眉头紧锁，语气中却流露出破解难题的快乐。

“另一方面，一个人从封闭的空间中消失是绝对不可能的。至少根据我们所信奉的世界规律——物理学法则判断的话，可以这样说。怎么样，各位？”

“这一点不用你现在唠叨，当时在场的我们几个都为此伤透了脑筋。”三田村说着，看了一眼所有人，“你现在有什么高见吗？”

岛田把手搁在桌上，像往常一样开始活动手指——用于折纸的食指和拇指。

“那天晚上，我不在这座建筑里，只能从旁观者的角度分析之前听到的各种小道消息和刚才你们说的话。假如我完全相信你们提供的信息，那么我和你们都必须改变一直以来被当作常识的世界观。可是，面对这种匪夷所思的问题，在不破坏自己信念的前提下，所有人都会尝试给出一个自己能接受的解释……唔，也就是说，嗯，首先我想问大家，你们认为这到底是怎么一回事？先从藤沼先生开始。”

岛田看着我，我嘴里的烟斗已经灭了。

“您怎么理解古川恒仁的‘消失’？”

“这个呢……”我用左手从嘴里拿下烟斗，声音嘶哑地回答，“我不会说已经忘记了，但是我说过很多次，我不愿意再回忆去年的事件。”

岛田面不改色地把视线转向下一个人。“三田村医生呢？”

“我当然也反复思考过。借用你的话，在不改变世界观的前提下，要解释那种匪夷所思的状况，只能认为是用了什么把戏。”

“有道理，说得很对。”

“可是，在那种情况下，到底用了什么把戏呢？”三田村的这个问题是在问自己，他摊开双手接着说，“我们去检查的时候，他确实不在二楼。出逃路径只有窗户，可是所有的窗户都从里面上锁了，在那里看不出用了任何——比如说针线——花招。所以，我不得不采纳大石先生当时提出的意见，古川是从我和森教授的眼皮底下溜走的。”

“唔。警察最终的结论也是这样吧？”

“说起最终的结论，我觉得警方太草率了。”三田村抿起了嘴，这个装腔作势的美男子很少有这种表情，甚至让我很不习惯。

“这是当然的，我国的警察虽然优秀，却太缺乏想象力了。”岛田小声发了一通牢骚后，又问三田村，“那么，您承认是自己的疏忽吗？”

“我不想承认。”外科医生的嘴歪得更厉害了，“可是，现在找不出其他可能性，我只好承认，毕竟当时也喝了不少酒。”

“森教授怎么看呢？”

“是啊。”森若有所思地扶正了眼镜，“我在感情上同意三田村的意见，虽然只能承认，可是假设当时他在我们的眼皮底下从楼梯上下来，还是有一点……”

“森教授，现实是——”大石烦躁不安地晃动着膝盖。

“算了，算了。”岛田打断了他的话，“那么我们再来整理一遍问题的焦点。刚才听你们回忆的时候我做了个时间表。”

岛田停下手中的动作，拿起倒扣在桌上的黑皮革笔记本。

“我们再来回顾一遍。请大家听我念一下。嗯——

“晚上九点——古川下楼看画；

“晚上十点过后——仓本在北回廊看到了古川；

“晚上十点半之前——古川回到二楼；

“晚上十点过后——大石回到房间；

“晚上十点五十分——正木回到房间，三田村和森教授一直留在大厅；

“凌晨一点过后——仓本看见了奇怪的亮光，由里绘听到异响走下楼，发现后门敞开，有一幅画不见了；

“凌晨一点五十分——古川不在二楼。

“大致就是这样。后来，警察草率地把这种怪现象断定为是你们两位当时的疏忽，由此得出结论，古川恒仁失踪的原因是他就是作案者，他从房间里溜出来，偷走了画，从后门逃了出去。”

“好了，岛田。”我对他这番拖沓冗长的话不胜其烦，忍无可忍地开口打断他，“你到底是怎么想的？”

“我的想法吗？这可难倒我了，我能再考虑考虑吗？”岛田把笔记本塞到衬衫的前胸口袋里，“坦白说，我现在还给不出意见，但是，我始终认为警察的结论有纰漏。”

“纰漏？”

“怎么说呢，总觉得不对劲。我认为凡事都类似拼图游戏，用很多小块拼成立体图案，根据组装方式的不同会形成不同的图案——不同的‘形状’。长话短说，我认为在去年那起事件上，警察组装出来的‘形状’有问题，在什么地方不对，有什么地方很别扭，所以……”

“这都是你自己的猜测。”

“藤沼先生言之有理。什么不对劲啊，什么很别扭，你把简单的事情复杂化了。”大石抓着泛油的鼻子，他显然对如此的长篇大论感到无所适从，“既然你说不对，那就要给出一个解释得通的答案才行。”

“这个嘛，是啊。我认为，‘不对劲’这种感觉很重要。比如说——”岛田冷不防把视线转向三田村，“三田村医生，你经常这样来回摆弄左手上的金戒指，对吧？”

“呃？”外科医生狼狈不堪地松开正在摆弄戒指的右手，“啊，是吗？”

“这就是说……人无完人，也许是无意间，或者周围的人也都没有注意到，但人人都有各自的毛病。藤沼先生——”他转过头来看我，“拿烟斗或者酒杯的时候，每次都这样竖起外侧的两根手指；森教授总是不停地扶眼镜。”

森难为情地解释道：“眼镜上有一个助听器，我担心耳机的位置不对。”

“你不要太过分了。”大石把手里的威士忌一饮而尽，冲着岛田怒吼，“你又想说什么？毛病人人都有，有什么大惊小怪的。就说你自己的手吧，一天到晚在桌上动来动去，我看得难受死了。”

“啊，被您发现了。”岛田咧嘴一笑，抓了抓头发，“很刺眼吗？我最近迷上了折纸，老是忍不住活动手指，练习刚学会的新折法。”

“呵，折纸？”

“其实，折纸不是那么没水平的东西，这里面的学问大着呢。哎呀，我想表达的意思和毛病是好是坏没关系，可是，假如有个人突然改变了自己的毛病，会怎么样呢？比如说，大石先生你突然不再挠鼻子了，或者是更小的动作。有人突然不再做一件事了，周围的人就算不清楚到底发生了什么，也会觉得很怪。有什么东西很怪，偏离了原有的形状——我所说的‘不对劲’就是这种感觉。”

“唔，话虽如此——”

“好了。”岛田打断大石，似乎下定了什么决心似的把胳膊撑在桌上，十指相扣，“总之我觉得不对劲，可是也看不清拼图的全貌。不过，有些环节我逐渐明白了，其中之一就是对根岸文江坠楼事件的疑问。当然，这个疑问还没有满意的答案。另外一个就是古川恒仁的失踪事件，至少我的想法比警察描绘的‘形状’更可靠。”

“愿闻其详。”三田村催促岛田。他的右手不知不觉中又伸向了左手的戒指。

“我回忆起十一年前设计水车馆的建筑师名叫中村青司后，就逐渐明白了事件的‘形状’。”岛田看着我说，“也就是说，我们必须考虑到这个水车馆是由中村青司设计的这个事实。”

“啊啊。”我失声叫起来。

其他人都莫名其妙地看着我和岛田。

就在这时，天空中亮起一道闪电。岛田不为所动，凝视着我的面具。

“藤沼先生，不好意思，我又有一个不情之请。能否借用一下事发当天古川恒仁住的五号室的钥匙？”

回廊——古川恒仁的房间（晚上八点四十五分）

最终，我答应了岛田的要求。

那把钥匙由仓本保管，我吩咐他拿来钥匙后，让由里绘留在餐厅等我们，其余有兴趣的人可以一同前往五号室。三田村马上站了起来，森也表示愿意同行。看到大家都去了，大石心不甘情不愿地抬起了笨重的身体。

“今天我们见面的时候，谈起过他——中村青司，您还记得吗？”

走在从北回廊通往别馆的路上，岛田轻松地和我搭腔。

“是啊。”

我当然记得，就是因为从他嘴里听到这个名字，我才改变想法，决定把这个形迹可疑的人请进家里。

因此，刚才他提到别馆和中村青司的关系，并要求检查五号室的时候，我当即就察觉到他在打什么算盘。他了解那位已故建筑师广为人知的特点，也就是他那独树一帜的嗜好。

“你当时谈到和中村青司的渊源，那到底是什么样的渊源？”我提出了积压在心里的疑问。

岛田模仿大石的“毛病”，用力挠着鼻子回答道：“您知道中村青司去年秋天在他隐居的九州小岛上悲惨离世的消息吧？”

“嗯。”

我在仓本去城里买回来的报纸上看到了相关报道。

“那起事件发生在大分县的角岛——他自己设计的蓝屋里。其实呢，他有一个亲弟弟住在别府，他弟弟是我的朋友。”

“噢。”

“还有一点，关于那起事件……哎呀，不说了，已经过去了。半年后，在同一个角岛上，青司盖的另一座建筑里，又发生了惨剧。”

“就是那个十角馆[1]吗？”

“没错。因为某种原因，我又和十角馆的事件扯上了关系。”

---

①参见绫辻行人的《十角馆事件》。

“因为你哥哥是警察吗？”

“不，是另外的私人原因。”

仓本推着我的轮椅走在风雨之中的回廊上。岛田和我走在一起，眯起眼睛回忆往事。

“蓝屋、十角馆、水车馆。青司死了没多久，我得知恒仁的这起事件发生的‘舞台’又是青司设计的，当时真的不寒而栗。”

走在后面的三田村忍不住小声笑了起来。

“岛田先生，你不会认为这一切都和青司这个狂人建筑师的诅咒有关吧？”

岛田不仅没有反驳，反而哈哈大笑起来。

“唔，如果真是这样就太别出心裁了。类似灵异的本格推理事件，再加上真凶是已故建筑家的恶灵——如果有推理小说家写出这样一部作品，别人可能要破口大骂，我却会鼓掌喝彩。”

“哎呀呀。”

“好了，不开玩笑了。很遗憾，我完全不相信这种超自然现象，我对奇思妙想的热爱在正常的理论范围内。”

“那我就放心了。”

“话虽如此，中村青司设计的房屋在短短半年内就发生三起非同寻常的事件，我认为和这些房屋的气场有关，而且这些事件多少都和我有关，让我不得不承认这是命中注定。”

穿过小厅往右一转，进入通向别馆的东回廊，很快来到了大厅。岛田心领神会地停下脚步。

“我来帮您。”说着，他和仓本抬起了我的轮椅。

三田村走在前头，我们三个紧随其后，森和大石跟在后面。

仓本手持钥匙，打开了关闭了一年的五号室。

“这扇门当时没有上锁，对吗？”岛田问。

听到三田村肯定的回答，岛田又回过头——从森嘴里也得到了同样的回答。

仓本走进室内，打开了灯。

一年前那个晚上的场景重现在荧光灯下。紧闭的窗帘、铺着白布的桌椅、床、灰扑扑的地毯……

“果然和隔壁的房间一模一样。”岛田左顾右盼地走进了室内，“当时是在这个烟灰缸里点着香吗？”

我点了点头。

岛田从牛仔裤的前兜掏出一个类似黑色印章盒的东西。

“我能抽烟吗？”

“啊？”

“这个东西很奇怪吧。”

岛田拿出来的是一个细长的盒子，打开盖子，里面不是印章，而是香烟。

“我发誓一天只抽一支烟，这是为此准备的专用盒子。您不介意吧？”

“请。”

岛田把香烟叼在嘴上，把嘴凑近“专用盒子”，只见盒子的一侧啪地亮起了一簇火苗，原来里面装有打火机。

岛田抽着烟走到房间里面，瞧了瞧象牙色的墙壁。我们站在门口，看着他的一举一动。

“喂，岛田先生。”三田村说着，自己也走进了房间，“你到底在做什么？”

岛田猛然转过脸来。“我在找东西。”

说完，他走回到桌子旁边，把烟灰弹落在烟灰缸里。

“找东西？你刚才提到过建筑师中村青司独树一帜的嗜好……”

“我就是在找那样东西。能麻烦您也搭把手吗？”

“可是……”

“三田村，他怀疑这个房间里有秘密通道。”

听到我的解释，外科医生端正的脸庞皱成一团，他又开始摆弄戒指。

“秘密通道？”

森滋彦和大石的表情也如出一辙，不动声色的只有仓本。

“对——对吧，岛田先生？”

“啊，当然，我就是想找出秘密通道。”岛田回头对我们说，“看来各位不太清楚中村青司对机关的热衷……他是一个怪人，绝对不会设计大众化的住宅。他我行我素，而且孩子气地在这些与众不同的建筑里安装机关……这反而受到风流雅士的推崇。”

“那么，这个水车馆里可能也有这种机关？”三田村似乎如梦初醒，“藤沼先生，起码您应该知道吧？”

“不，这个也不能一概而论。”岛田在烟灰缸里熄灭了烟蒂，“据说青司甚至瞒着主人设置机关，就好像孩子的恶作剧一样。”

“这个……”

“因此，我认为别馆的二楼很可能存在不为人知的秘道或者密室。我今天来了以后，大致检查了这层楼的其他地方，什么也没有发现，现在只剩下这个房间。”岛田说着，又开始敲击墙壁，“这座房屋的外侧墙壁特别厚，如果有什么机关的话，我认为就在墙壁里。”

然而，最终的结果是竹篮打水一场空。岛田回过头来。

“啊——要是觉得无聊的话，各位请回吧。我还想再检查一下盥洗室和地板。”

“哎呀呀。”大石总算松了一口气，“那么我就先告辞了，这么无聊的事，我没办法奉陪。”

“我来帮你。”森教授走上前。他之前发表了“湿地毯”的言论，看来他和岛田是同一战线的。

自从出现了“秘密通道”这个词，三田村就失去了兴趣。他意兴阑珊地看了一会儿岛田和森的“机关搜索”，随后就调转脚跟，追随大石走出了房间。

“岛田先生，”我把轮椅移到房屋中间，掏出烟斗含在嘴里，对伸开四肢趴在地上的岛田问道，“你刚才说过人人都有‘毛病’，那么，你知道中村青司的‘毛病’吗？”

“毛病？什么意思？”

“制作机关时的……他有什么一贯的主题吗？”

“这个嘛……”岛田趴在地上苦思冥想，“也许有……但我毕竟不是青司研究专家。”

岛田和森继续开展调查。他们掀开地毯，钻进床底下，还在盥洗室和浴室里倒腾了半天，最后找到的是在房间里沉积了一年的灰尘和“什么也没有”这个事实。

“不可思议啊。”

岛田非常遗憾。我忽然感觉自己面对的是一个天真无邪、喜欢探险的孩子。他说了一大通道理，可是归根结底，对他来说，这个房间里不是“应该有”秘道，而是“希望有”秘道。

疯狂的建筑师设计了奇特的水车馆，在里面出现了不可能发生的状况。而在我看来，岛田畅游在古老的推理小说世界中，因此对他来说，作为古老世界的产物，秘道也必须存在。

“什么也没有吧？”

听到我这样说，岛田站起来，掸落了牛仔裤和衬衫上的灰尘。

“不可思议啊。”他又嘀咕了一句，然后回头看着比自己年长的帮手，“谢谢您，教授，让您白忙了一场。”

“没关系，不用介意。”森一边扶正眼镜一边说，“我觉得你的想法很有意思。”

“好了吧。”我叹了口气，“对事件的追究到此为止。”

“不可思议啊。”岛田耿耿于怀，“没有秘道，唔，到底……”

“果然还是从我和三田村的眼皮底下溜走了。”森疲惫不堪地说。

“你的答案太缺乏想象力了，简直让人悲哀。不过，唔——”说到这里，岛田蓦然转身，快步走到窗边。

“怎么了？”

“这扇窗户……藤沼先生，我能打开吗？”

“请便。”

“这扇窗户和隔壁的结构一样吧？”

“怎么了？”

“那扇窗户在事发当时从内侧插上了插销。”森对岛田说。

岛田举起一只手，连连摆动。“不，我想到了另外一种可能性。”

“另外一种？”

“嗯。啊——还是不行。嗨……”

岛田拉开灰色的窗帘，拔出插销，把手搭在装有毛玻璃的窗框上。这里的窗户和外面走廊上的一样，是中央有纵轴的回旋式构造。

岛田打开窗户，风雨声顿时冲进耳朵。狂风把窗帘吹得左右摇摆。

“唔，还是不行。”岛田沮丧地垂下肩膀。

“什么意思？”

“这扇窗户在构造上只能打开一条缝，成年人的头都不一定能伸过去。”岛田指着打开的窗户对我们说，“所以，无论如何都不可能。和走廊上的窗户一样，不管有没有上锁，恒仁绝对不可能从这里溜出去。”

“我看看。”森教授走近窗户，从回旋式窗户两侧十厘米左右的缝隙往外看了看，“不错，确实不可能。”

“本来也可以连窗框一起拆掉。不过这么坚固的结构，根本办不到。而且，外面下着大雨，墙壁上没有地方落脚……这下面是什么，藤沼先生？”

“是内院的花草丛。”

“唔。”

岛田叹了口气，按原样关好窗户，拉上窗帘。

“果然一点儿办法都没有吗？”

“岛田先生，你说的另一种可能性是……”森教授一脸不能释怀的神情问道。

突然间——

窗帘外面亮起了一道闪电。我们周围所有的亮光骤然熄灭，只留下蓝色的闪电光芒。

停电了。

别馆大厅——餐厅（晚上十点）

仓本从走廊取来备用的手电筒。借着手电筒的光亮，我们走出房间，决定先下楼再说。

森拿着手电筒，率先下楼照亮了楼梯，岛田和仓本从两侧抬着我的轮椅，费了很大力气才来到大厅。

“太糟糕了。”森用手电筒照亮了大厅，“是被雷打坏了吗？”

“不，应该不是。”岛田说，“因为这里是靠水车发电的。”

“哦，对啊。打雷和停电——碰在一起了。这么说来，是发电机的故障吗？”

“我马上去检查。”仓本说。

“那么，这个手电筒……”

“不用，那边的走廊里也有。”

“我们一起去本馆吧，由里绘和朋子可能也很害怕。”我说，“三田村君和大石先生在哪里呢？”

“这个嘛，不知道是回房间了还是在餐厅。”

森回答的时候，在面对中庭左手边的走廊上，看见有微弱的光芒在左右摇晃。

“你们不要紧吧？”是大石的声音。很快，黑暗中出现了一个肥胖的身影，他手里拿着打火机。

“啊，你们在这里啊。有没有蜡烛什么的？这么黑，我什么也看不见。”

“有蜡烛吧，仓本？”

“有，在那边的储物柜里。”

“我们先去餐厅吧——岛田先生，不好意思，能麻烦你帮我推轮椅吗？”

“啊，没事吧？”

一进入餐厅就听见三田村的声音。圆桌上点着几支蜡烛，三田村、由里绘和野泽朋子三个人围坐在一起。

“幸亏刚刚回到这里。”三田村迅速站起身，在摇曳的灯光中走了过来，“我问了野泽，找到了这几根蜡烛。这次停电能不能马上修好？”

“我要检查一下才知道。”仓本回答道。

外科医生耸了耸肩。“不巧，我对机械一窍不通，连汽车的引擎都不太懂……”

“要是不嫌碍手碍脚的话，我也一起去吧。”岛田说着，把我的轮椅推到桌子旁边，“我有一个亲戚住在山里，也是自己发电，所以我曾经鼓捣过，或许能帮上什么忙……啊！”

岛田猛然大叫一声，与此同时，轮椅倒向一边——岛田好像被什么绊住了脚。我还来不及想，整个人就在惯性作用下往前扑倒在地。

“不要紧吗？”三田村飞奔过来。

“对、对不起。”岛田慌忙站直。

我倒在黑暗中无法动弹，双脚在地上伸得笔直。我心里惦记着脸上的面具，慢慢地移动着双手。地毯上的尘土味让我感到了自己的可悲。

我在等人把我扶起来。岛田把肩膀塞在我的右手下，三田村握着我的左手，用力把我拉起来。

“要紧吗，藤沼先生？”

“没事。”

“真是太不好意思了。”

我好不容易重新坐上了轮椅。

岛田窘迫地挠着头。“那边的地毯翘起来了，我的脚……”

“这么黑，在所难免。”

“没有受伤吗？”三田村问我。

我嘴里回答没关系，在黑暗中看了一眼外科医生，胸口猛然一阵悸动。

藤沼纪一的起居室（晚上十一点）

万幸，很快就来电了。

在昏暗中进行检修有一定困难，最初搞不清楚是怎么回事，但无非就是接触不良之类（具体情况我不清楚）的简单故障。据仓本的报告，多亏了岛田才能这么快就查明故障。这么说来，把他请进家里，也不能说是自己“鬼迷心窍”。

无论如何，这么晚了，想必不会有修理工愿意冒着大风大雨前来。如果是棘手的故障，那就只能靠蜡烛和手电度过这个夜晚了。因此，当电灯再度亮起的时候，在餐厅等待的我们如释重负。

我为这次停电引发的混乱道歉后，就催促大家各自回房了。

我回到了自己的房间。最近，我习惯在睡觉前去由里绘的房间听一会儿唱片，不过因为电梯发生了故障（让仓本检查过了，但是没有修好），所以今天不能如愿了。

电梯也坏了，发电机也出毛病了，一天中发生两次故障，或许这座建筑到了该大修的时候了。

由里绘对客人们道过晚安后，就回了塔屋。当时，三田村则之的视线让我心里很不舒服。他的目光牢牢地黏在由里绘窈窕的身体上……

今天晚上十二点之后——他是这样说的。他说今天晚上十二点之后去她的房间，希望能看到那里的画。然后……

（作为由里绘的“丈夫”，我为什么不去阻止他不道德的行为呢？）

当然，我烦恼不堪，谴责他的话就在嘴边。可是，最终我什么都没有说，因为，我不知道由里绘为什么没有拒绝三田村。

（难以揣测？）

（不，不是的。）

（不，还是……）

我的心中起起伏伏。尽管感觉到有一股无形的力量在操纵全局，我还是离开了现场，回到房间，打开了起居室的门。

进入房间后打开灯的一瞬间，我的喉咙里不由自主地发出了如同野兽般的咆哮。

（什么？）

刹那间，我魂飞胆裂。

（这到底是……）

房间右手边的门——通向书房的那扇门大敞着。这扇暗褐色的门在这一年来从来不曾打开。

（怎么回事？）

我关上身后通向走廊的门，竭力控制住自己的心跳，向原本不应该开着（但是现在却开着）的门移去。

门内一片黑暗。我惶恐不安，担心里面随时有东西冲出来。我悄悄地靠近，向里面窥探，侧耳倾听。

（难道是……）

什么都听不到，也不可能听到什么。然而……

我伸出手寻找电灯的开关。随后，整个房间被灯光照亮——遮住整面墙壁的书、房间中央黑黝黝的厚重书桌、右边墙壁上的红砖壁炉台。

里面没有人。一切都和以前一样，这个被封闭的空间毫无变化……

（为什么这扇门会打开呢？）

脑海里浮现出无数个问号，我抱住戴着面具的头。

（为什么这扇门……）

向里面敞开的门下有一把黑色的小钥匙。不用捡起来，我也知道那就是书房的钥匙。

镇定下来，必须深思熟虑。

走廊的门没有上锁，所以只要瞅准机会，馆内的每一个人都有可能进入这个起居室。有人在晚饭后溜进来了吗？

（但是，这把钥匙……这把书房的钥匙……）

我关上书房的灯，照原样关上门并且锁好。这是旧式的锁，不管从里面还是从外面，都必须用这把钥匙才能开或关。

我背对再次被关上的红木门，来到窗边，以此逃离从书房里飘出来的诡异气息。我把窗帘拉开一条缝，把戴着面具的脸凑到被雨水拍打着的冰冷的玻璃上。

心里涌上两个想法。我在其中仿佛钟摆一样不停地摇来晃去……

（滚出去！）

（从这里滚出去！）

（门缝里的绿色纸条。）

（恐吓信。）

（敞开的书房。）

(这把钥匙……)

其中的一个端点把我引向巨大的恐惧之中，在那里有一个丧心病狂的影子在等待我。然而，如果想从那里逃脱的话，疑虑就无可避免地指向另一个端点。

另一个……

(是怎么回事？)

可是，为什么……

我绝望地注视着被风雨蹂躏着的黑暗。

第十二章 过去

（一九八五年 九月二十九日）

别馆大厅（凌晨两点四十分）

在别馆二楼进行地毯式的搜索，确认古川恒仁神秘消失后——

“不可能有这么荒谬的事。”

“所以，我说是你们没注意到他走下了楼。”

“什么没注意啊，这里是沙发，楼梯就在那边。”

“太专注于象棋了吧。”

“可是，如果是我一个人也就算了，要从两个人的眼皮底下溜过去可不容易。这里面一定有什么诡计……”

“正木先生真的没有听到什么异响吗？”

“嗯，教授，我什么也没有听到。”

“总而言之，就是和尚不见了，画也少了一幅。别纠结在其他的小事上了。”

“可是，大石先生……”

“一成大师珍贵的作品被偷啦！”

“我知道，那么……”

在别馆大厅里，大家围坐在主人身边，一筹莫展。

“都冷静下来。”藤沼纪一威严地环顾惊慌失措的众人，“在这里争吵也无济于事。我们已经确认过了该确认的事，接下来怎么做请让我来判断。”

“还是要先报警。”大石说。

“我会考虑的。”纪一瞪着他。

“可是……”

“不管是怎么从二楼溜出去的，看现在的情况，很有可能是古川偷了画。问题是他逃到哪里去了。”

“后门打开了……”

“下这么大的雨，就算从后门溜出去了，也走不远。他也知道山下的道路不通。”

“藤沼先生，你的想法太循规蹈矩了。能干出这种勾当的人，做事都不合常理。”

“不好意思，老爷，”仓本庄司小声打断了大呼小叫的大石，“其实，在我睡觉之前发生过这样一件事。”

仓本把古川在北回廊的奇怪举动报告给了纪一。

“……什么？他摇摇晃晃，非同寻常，好像被什么附体了？”

“唔。”纪一点点头，抱着双臂。

古川恒仁以前就曾经有过神经质的举动，纪一也有所了解。

（确实，那种人一旦钻进牛角尖，就不知道会惹出什么事来……）

可是，这种情况下到底该如何是好呢？

纪一绞尽脑汁。

“总之，在这里手忙脚乱也解决不了问题。就算报警，警察也要等到修好道路后才能来，我们又不能现在出去找他。”

“是啊。”三田村随声附和，“没那么容易找到，而且他现在精神错乱，很危险。”

“车呢？不要紧吗？”森想到了一个问题。

三田村回答道：“没问题，古川不会开车。”

“我们现在就干坐在这里吗？”

“那么，大石先生，你……”纪一看了一眼窗外，“现在冲出去找他吗？”

“这、这怎么行……”大石无言以对。

纪一冷冷地瞥了一眼美术商，对众人提议道：“无论如何，我认为今天晚上什么也做不了——已经这么晚了，各位去休息吧。接下来的事等到明天早上再说吧，可以吗？”

纪一把手放到轮椅的把手上，催促低头坐在沙发上、筋疲力尽的由里绘赶快起身。接着，他又吩咐仓本：“仓本，再检查一下门窗。”

“知道了。”

“那么……”面具的主人转过身去背对大家，“早饭就推迟一点吧。今天晚上请大家不要走出房间，我不希望再出现别的麻烦。”

北回廊（凌晨两点五十分）

走出别馆后，纪一带着由里绘沿着北回廊回到本馆。仓本按照主人的吩咐，快步往反方向走去。

纪一自己转动轮椅，由里绘走在他的身边。

纪一注意到由里绘白色睡衣里纤弱的身体在微微颤抖，就关切地问道：“冷吗？”

由里绘用一只手卷着长发，慢慢地摇了摇头。

“情况很糟糕啊。”纪一吐了口气，小声说，“我不想把事情搞大，可是又不能冒着这么大的雨跑出去……”

（就像三田村说的，古川是不是精神失常了？）

纪一的余光依次捕捉到回廊墙壁上的画。

（这些画里有让人发狂的魔力吗？）

他似懂非懂。虽然表现形式不一样，但他自己也没能逃脱父亲的画带来的诅咒，而是被其操纵，过着现在的人生——他常常有这样的感慨。

横穿过走廊，在右前方餐厅的对开门前面，他看见开了一条缝的后门。这时，身后传来脚步声。

“藤沼先生，等一下——”

回头一看，是正木慎吾。他一身针织衫配运动裤的休闲打扮，和走廊上沉重的氛围格格不入。他跑到纪一身边，喘着气说：“我有几句话想说。”

“什么？”面具主人凝视着朋友的脸，察觉到事态的紧迫。

“那个——和古川先生有关。”

“你知道什么吗？”

“嗯。刚才和大家在一起，事发突然，我一时没有反应过来。现在想想，他恐怕……”正木支支吾吾地四处张望，“其实，今天，啊，是昨天，我和他单独谈过。他在经济上非常窘迫，说最近投资股票失败了，再加上他比别人更喜欢一成先生的作品……我猜他一时想不开，才做出了这么无法无天的事情。”

“我也是这样认为的。”

“可是，他把画偷出去后，会感到后悔的。”

“什么？”

“他肯定会后悔自己一时冲动偷了画，并冲进暴风雨里。他越是痴迷于那幅画，就越会后悔——如果在大雨里淋坏了那幅画，那就鸡飞蛋打了。”

“有道理。不过，一旦走向犯罪，还会计较这些吗？”

“应该会。”正木胸有成竹地说，“因此，我认为他就算溜出去了，在这样的天气里也走不远，不可能逃到深山里，应该就藏在附近某个可以避雨的地方。水车馆后面有一个放杂物的小屋吧，他说不定就在里面。”

“唔。”纪一认为正木言之有理。

“藤沼先生，”正木盯着纪一的眼睛，“怎么样，能交给我处理吗？”

“你有什么打算？”

“暂时不要报警，我现在出去找古川，设法说服他。”

“这个——太危险了。”

“没关系。他本来就性格软弱，不会再有什么过分的行为了。”

纪一凝视着朋友的脸，不禁心生疑问。

“正木，你为什么这样袒护他？”

“我并不是说自己是个好人，但是……”正木的嘴边长出了一层胡须，他歪了歪嘴，脸上露出自嘲的表情，“我不忍心看到古川这样的人成为罪犯。”

“不忍心？”

“嗯。我向你坦白吧，反正瞒得了一时也瞒不了一世，而且我相信你会原谅我的。”

“你说什么？”

“我现在藏身在这里，说到底，和我半年前在东京犯下的罪行有关。”

（犯罪！）

纪一早就有所察觉，但是没想到正木会在这种情况下亲口说出来。

“你犯了什么罪？”纪一深呼吸了一下，让自己镇定下来。

“请不要追问了。”

“被警察通缉吗？”

“没有，现在还没有……”正木脸色苍白，含糊其辞，“不过，大石那个美术商好像起了疑心，刚才以此威胁我，要和我谈条件。你不用担心，我不会给你添麻烦的。”

“啊——”一声纤细的尖叫回响在走廊里。

纪一和正木同时闭上嘴，转头看着由里绘。她比两个人站得更靠近后门，目不转睛地盯着镶在门上的小玻璃窗。

“怎么了？”纪一高声询问，赶紧把轮椅移过去。

正木一个箭步跑到由里绘身边。“怎么了？”

“刚才，外面有人……”由里绘指着门外，嗓音沙哑地回答。

“你说什么？”

正木冲过去一把推开门，呼啸的风声席卷着雨水扑面而来。他用手遮在头上，走到屋檐下——

“古川先生！”他向黑暗中喊了一声，回头对纪一说，“是他！”

“真的吗？”

“嗯。我去追他。藤沼先生，请不要对别人说，我不想惊动大家。”

“可是，正木……”

“没关系。”

正木来不及打雨伞就飞奔出去，然后再次回过头来诚挚地对纪一说道：“我是在为自己赎罪。请回房间等我，由里绘小姐也请回去……没问题吧？”

仓本庄司的房间——回廊（凌晨三点四十分）

仓本迷迷糊糊之间听到一个怪异的响声。

嘎嘎嘎嘎嘎……

在遥远的地方——或者在这个馆的深处——不断响起。不停歇的雨，不停歇的风……夹杂在这些声音里面，有一个与大自然的喧嚣截然不同的声音，不知在什么地方轻轻地响了起来。

因为半夜的盗窃事件而被迫中断了睡眠，这对生活很有规律的仓本来说非常痛苦。他在床上翻来覆去，全身关节酸痛。

主人平息事态，让客人们各自散去后，仓本按照吩咐再次检查了门窗。这已经是今天的第三次巡视了，没有发现任何异常。来到餐厅时，他遇见了纪一，由里绘怯生生地站在他的身后。

当时，主人让他不要关上后门，说正木慎吾出去追古川了。

仓本感觉事态严重，主动提出也出去看看；主人却说交给正木就行了，仓本也就不再坚持。他并非不担心正木的安危，但实在是疲惫不堪，特别是之前还爬上天花板折腾了一番。

他躺在床上，一边留心外面的动静，一边感觉到自己真的老了。就这样，在半梦半醒之间……

嘎嘎嘎……嘎嘎……

他睁开眼睛，侧耳倾听，但是声音已经消失了。

（是做梦吗？）

他摇摇头，再次闭上眼睛。

这是怎样的一天啊！他在心里连连感叹。

白天的事故……刚才的骚乱……而且，今天晚上怪事连连，睡觉前看见的亮光，刚才听见的声音……

（净是些诡异的事情。）

想到这里，他忐忑起来，放心不下主人下令敞开的后门。

纪一说交给正木处理——尊重主人的意思是仓本的工作，也是他的义务。然而，虽说如此，让正木一个人在风雨里奔走，不危险吗？

仓本意识到不应该睡下去了，他费了九牛二虎之力，终于拖着疲惫的身体从床上坐起来。至少应该等到正木平安回来。

他驱散睡意，穿上拖鞋，出去一看究竟。

走出房间，经过黑漆漆的小走廊，往北回廊走去——向左一转就看见了后门。

屋檐下的灯光透过小玻璃窗照亮了后门口这一片。门仍然没上锁。

仓本在黑暗中轻手轻脚地走过去，发现门边的地毯不对劲。

深红色的地毯上，随处可见黑色的斑痕。是水迹。

（脚印吗？）

他马上想：正木先生已经回来了吗？

他没有打开回廊的灯，沿着墙壁向左转到环绕着塔的走廊上。

"正木先生——"他轻声呼唤正木，借着中庭里的路灯在黑夜里穿行，"正木先生，回来了吗？"

没有回音。耳边传来的只有风雨声。

仓本心想，他也许去了纪一的房间，正在报告追赶古川的结果。

地毯上的斑痕等距离地延伸着，颜色逐渐变淡。果然是被雨打湿的脚印。仓本沿着这一串脚印，从环绕着塔的走廊往西回廊走去。

"咦？"

仓本的眼睛已经习惯了黑暗，他的视线落在一扇门上。

左前方——通向地下室的黑色大门朝里面开了一条缝。

他疑惑地往前走去。刚才巡视的时候，这扇门是关着的。这么说来……

仓本推开门，里面伸手不见五指。他摸到电灯开关后，黄色的灯光照亮了室内。

（这是……）

通向地下室的楼梯口。一眼认出掉在旁边的东西后，仓本瞠目结舌，再也迈不动脚步了。

这是一幅镶在画框里的画，不用凑近细看也知道，这就是从北回廊消失的《喷泉》。

（怎么回事呢？）

正木追到古川，并把他带回来了吗？可是，为什么把画扔在这里呢？

（不管怎样，先告诉老爷。）

仓本来不及熄灯就关上门，回到弧状的西回廊上，急匆匆地往主人房间走去。

就在这时——

“啊！”冷不丁从背后受到了猛烈的一击，仓本不由得脚下一软，摔倒在地上，后脑一阵剧烈地疼痛。

“是谁……”他咬破舌尖，鲜血渗了出来，一股血腥味在嘴里弥散开来。

仓本用手撑地，挣扎着爬起来。这时，脖根处又被打了一下。

他失去知觉，趴在了地上。

滕沼纪一的起居室——餐厅（清晨五点）

他在冰冷的橡胶面具下频频眨眼，筋疲力尽地坐在椅子上，环顾室内——视线落在墙上的时钟上。

清晨五点，不到一个小时，天就要亮了。外面的风雨虽然有所减弱，但仍然盘旋在天空中。

他眨着疲倦的眼睛，甚至觉得这场暴风雨永远不会离开这个山谷了。

（由里绘怎么样了？）

他对由里绘牵肠挂肚。她在风雨飘摇的塔屋里不可能睡着，想必一定宛如惊弓之鸟，一夜没有合眼吧？

清晨五点五分。

他下定决心，走出房间。

西回廊上的深红色地毯在昏暗的灯光下，仿佛毫无生气的灰色。他浑身冒汗，心力交瘁，只要一放松就会瘫软下来。

他转动轮椅穿过走廊，来到了餐厅。

在黑暗中他前往电梯，途中打开了墙上的电灯开关。

这时，他听到左手边沙发后面有人在呻吟，一种支离破碎的声音。

“仓本……”

管家高大的身体出现在沙发的后面。他穿着竖条纹睡衣，倒在地板上。

“怎么啦？”纪一把轮椅靠过去。

仓本的四肢都被绳子捆绑着。

管家认出了他的面具，喉咙里发出呜呜的声音，却说不出话——嘴里被塞了东西。

仓本拼命扬起苍白的脸，要主人把他放开。

“知道了，马上就来。”他在轮椅上弯下上身，伸出右手。身体的残障让他焦躁不堪。

把双手绑在背后的绳结已经很松了，看来仓本奋力挣扎了很久。

仓本痛苦地喘息着，好不容易双膝跪在地上直起身来，让主人容易够到自己的手。

“等等，马上就解开了。”

绳索被解开后，仓本用手一把拽出了嘴里的东西——是一块揉成一团的手帕。

“老、老爷！”仓本终于能够发出声音了，他一边解开脚上的绳索一边说，“我被人从背后袭击了。”

“被谁？”

“不知道。在外面的走廊里。对了，画！我找到了被偷走的画，正准备去通知老爷的时候，突然……现在是几点？”

“过了五点。”

“正木先生呢？”

“还没回来。”他嘶哑着嗓子，低声说道，“我睡不着，担心由里绘，所以就出来了。”

仓本展开从嘴里吐出来的没有花纹的男式紫色棉手帕。

“我见过这块手帕。”

“哦？”

“我看到那个人用过。”不消说，那个人就是古川恒仁。

“我担心由里绘。”他用戴着白手套的右手撑在面具的额头部分，“我去上面看看，你也一起来。”

“是。”仓本放下手帕，站起身来。被打的地方似乎很疼，他不停地抚摸后脑勺儿。“可是，老爷，那幅画……”

“先去确定由里绘是否平安无事。”说着，他转动轮椅前往电梯那里。

塔屋（清晨五点二十分）

由里绘在宽大的睡床上抱着毛毯，正在瑟瑟发抖。

天花板上的灯关了，只有枕边的台灯发出微弱的光芒。看到两人分别从电梯和楼梯来到房间，由里绘惊慌地坐起身来。

“没事吧，由里绘？”

她脸色苍白地点点头，不可思议地盯着白色面具。

“小姐——”老管家体恤地叫了一句。

由里绘猛然一惊，捂着嘴，惶恐不安地把头摇得像拨浪鼓，乌黑的长发在灯光下飘舞。

“怎么了，出什么事了吗？”他横穿过屋子，把轮椅移到由里绘的身旁。

“我——”她断断续续地说，“我害怕……想睡也睡不着，窗外有一个奇怪的人影……”

“人影？什么样的人影？”

“不知道。那边的窗户——”她指着房间北侧的窗户，“往下一看，很远的地方在打雷，有个人走到森林那边……”

“是他！”仓本义愤填膺地说，“他逃走了。”

“古川吗？”

“是的。老爷，错不了，他打了我，又逃走了。”

“唔。”他含糊地应了一声，看了一眼白色的窗框，然后又转过头环视了一遍圆形的房间。

“咦？”他的目光落在一扇窗户上——坐在床上的由里绘身后、东侧墙壁上的窗户。

“怎么啦？”仓本随着他的视线看过去。

他举起疲惫的右手。“看！”

“啊？”窗上没有挂窗帘，黑暗的天空逐渐发白，黎明就要来了。在鱼肚白的天空中……

“烟囱是不是在冒烟？是我的心理作用吗？”

“烟？”

仓本吃了一惊，转到床的另一侧，把头贴在玻璃上向外张望。

靠中庭一侧的墙壁上有一根细长的烟囱伸出屋顶，下面则深入地下，通到位于地下室的焚烧炉。

“真的呢，在冒烟。”

在瓢泼大雨中，烟囱里冒出滚滚浓烟。喷出的烟飘散在风雨中，在黎明前的黑暗中扩散开来。

“这，到底是谁……”

地下室的焚烧炉里有东西在燃烧。

仓本慌张地说：“老爷，我下去看看。”

“不，我也去。你刚才说找到了画？在哪里？”

“是的。就是地下室，通往地下室的楼梯旁……”

“出事了。”戴着面具的男人转过轮椅，“还是把别馆里的人叫起来吧。仓本，赶快去把他们叫过来。”

“知道了。”

几分钟后，他们集合在本馆的走廊里，一同踏进了那个小屋。

然而，在那个房间里，之前被管家打开了的灯是熄灭的，他说的《喷泉》也不见了影踪。

暴风雨之夜终于要迎来黎明了。馆内的“事件”呈现出残酷的、如同恶魔般的最终形态，在漆黑的楼梯下面等待着他们去发现。

第十三章　现在

（一九八六年　九月二十九日）

餐厅（半夜十二点五十五分）

一声惨叫。

一听出是由里绘的声音，我立即冲出起居室。从漆黑的西回廊前往“塔”的一路上，我感觉这是我有生以来第一次体会到什么样的声音能被称为“撕心裂肺”。

由里绘的叫声持续了很长时间，想必她也是有生以来第一次用尽全身力气，发出这么大的声音。

餐厅的对开门里渗出微弱的灯光，我拼命转动轮椅，撞开了那扇门。

“由里绘！”

“啊！”

我呼唤由里绘的声音正好和走廊上某个人的声音重叠在一起。我还来不及想是谁，就听见走廊里响起急促的脚步声，最后停在了我的身后。

“老爷！”

是仓本。他想必也是听到由里绘的惨叫才冲过来的。

“老爷，不得了了！”

我还没回过头去，仓本的声音又连珠炮般响起。

“外面的走廊上，野泽——”他冲进餐厅，“野泽倒在走廊里。”

“你说什么？”

我转头去看仓本，余光里闪过一片白色。

“由里绘……”

丝质的白色睡衣——由里绘摇摇晃晃地出现在楼梯上。

“小姐！”仓本叫了一声。

他显然无法判断应该优先关照哪一边——倒在走廊里的野泽和发出惨叫的由里绘。身穿睡衣的管家六神无主，和平日判若两人。

餐厅里的水晶吊灯已经熄了。楼梯上的壁灯隐约照亮了室内。

“由里绘，”我抬起头，声音沙哑地呼唤她，“刚才是你叫的吗？”

她似乎动了一下，既没有回答我，也没有点头，而是哆哆嗦嗦地伸手扶着楼梯扶手，茫然地走下楼梯。

“小姐，您怎么了？”仓本意识到她的异样，跑到了楼梯口。

这时，走廊上又响起了脚步声。

“怎么了？”有人从对面的门里跑进来，大声发问。

这个身穿黑色牛仔裤和灰色衬衫的人就是岛田洁，看样子他还没有上床睡觉。

在幽暗的灯光下，他认出了我。

“我在那边都听见了刚才的叫声，那是……”

说到这里，他发现了走下楼梯的由里绘和跑上前去的仓本。

“啊，果然是由里绘小姐。到底怎么了？”

“岛田先生，”我把轮椅挪过去，“野泽好像倒在了外面的走廊上。”

“野泽——那位女佣吗？”岛田闻言色变，“这可不得了。外面的走廊是——”

“靠近面对中庭的那扇窗户。”

听到仓本的解释，岛田一溜烟地从刚才进来的门又飞奔出餐厅。我犹豫了一下是否要追上去，但还是放心不下由里绘。

由里绘终于走下了楼梯。她无力地靠在墙上，惊恐万状地看着我。她美丽的脸庞毫无血色，嘴唇发紫，微微颤抖，眼中噙着泪水。

“您怎么了？”

噤若寒蝉的由里绘对仓本的问话置之不理，一个劲儿地摇头。

“由里绘——”我叫了她一句，把轮椅移到她身边。

这时，飞奔出去的岛田上气不接下气地跑进来了。

“这可糟了，藤沼先生。她——野泽，死了！好像是被人勒住了脖子，是他杀！”

由里绘再次发出一声尖叫。她捂住耳朵，靠在墙上，随后软绵绵地瘫倒在地。

“快报警。电话在哪里？”

“在这里。”仓本回答。

“仓本先生，麻烦您了。我去叫大家起床。”

岛田一口气说完，又飞奔而出。

仓本扑向吧台上的电话，我把轮椅靠近由里绘。

“由里绘……”

看见是我，她依旧精神恍惚，眼睛一闪一闪，湿漉漉的头发粘在脸颊和脖子上，嘴唇不住地哆嗦，一副欲言又止的神情。

“振作一点。”看到她的模样，我用半责备的语气说道，“出了什么事，你就说吧。”

由里绘还是一言不发。我心乱如麻却无计可施，只好默默地守望着她。

“老爷，”仓本打完电话，“警察马上就会赶过来，让我们保护现场，不要触碰尸体。”

“大概要多长时间？”

“A** 镇的警察马上开车过来，下这么大的雨，如果路上不出事，需要两个小时左右。县警的调查队要更晚才能到。”

我不知所措。女佣苦闷的面容浮现在脑海里，我倒吸了一口冷气。

不一会儿，岛田回来了，身穿睡衣的森滋彦和大石源造气喘吁吁地跟在后面。

“藤沼先生，太匪夷所思了。”岛田跑到我身边，“三田村医生不在房间里，也不在卫生间和浴室里。”

“真的吗？”

“嗯。我敲门，没有人回答，门没有上锁，我进去一看，房间里没有人……警察呢？报警了吗？”

我点点头。“可是要很长时间才能来，我们只能等了。”

“岂有此理！”大石抽动着一张肥胖的脸，大呼小叫道，“今年又死人了？！这个家到底有什么问题？！”

“三田村到底去了哪里呢？难道他……”森教授脸色苍白地小声嘀咕着。

“啊——啊啊啊……”

刹那间，带着异常音调的叫声响彻了两层楼高的空间。

“由里绘？”

“由里绘小姐！”

众人的目光同时对准她。

“啊啊啊……”

由里绘的一双大眼睛茫然失神，嘴唇抖得厉害。然后，她慢慢抬起雪白纤细的手臂，努力让自己恢复平静。

岛田走上前，单膝跪在由里绘身边。

“来，冷静一点。为什么发出那么大的叫声？能告诉我们吗？”

“房、间……”她终于吐出了两个字。

“房间？哪个房间？”

“我的。”

她的手指向楼上。

“你的房间？楼上的房间吗？”

岛田跳起来，用百米冲刺的速度冲上楼梯。

在众人的视线中，岛田从楼梯拐角处闪进了塔屋。几乎在同一时间响起了一声惊叫——

“怎么了？”森教授一边问一边走上楼梯。

岛田没有回答。我们在沉默中心惊胆战。

过了一会儿，岛田的身影出现在楼梯拐角处。

“出大事了。”他沉痛地对众人宣告，“三田村医生死了。”

塔屋（凌晨一点四十五分）

我请仓本照顾由里绘，森滋彦和大石则抬起我的轮椅，走上楼梯。电梯发生了故障，刚才试了一下，还是没有恢复。

三田村则之的尸体在房间中央的三角钢琴前面。他穿着米色长裤和驼色长袖衬衫，背对门坐在钢琴前的椅子上，上半身伏在黑色琴盖上。

“后脑受到了重创。”岛田对我们说。

森滋彦和大石无言地看着眼前这具失去了生命的躯壳，我也瞠目结舌。

“显然是被人杀死的。”

岛田面无血色，声音颤抖，这也许是他第一次在现实中看见被人杀死的尸体——我忐忑不安的内心深处掠过这个想法。

然而，我也没资格说三道四。尽管一年前经历过惨绝人寰的事件，却依然压抑不住内心的悸动。

“那是凶器吧……”

森惴惴不安指着尸体脚下。那是一把长约三十厘米的黑色起钉器。

“好像是。”岛田弯下腰仔细观察，“上面粘着血和头发。藤沼先生，你认识这个起钉器吗？”

“这个……”

“工具箱在哪里？”

“在下面的柜子里。”

“唔。”岛田蹙起眉头，注视着尸体后脑上的伤口，“伤口看上去很新，血还没有凝结。”

“三田村为什么会在这里……”森教授用手扶着眼镜框，往前迈出一步。

“还是不要在现场逗留了。”大石挠着红色的蒜头鼻说道，“接下来交给警察……”

“这个当然。不过——”说着，岛田踮着脚尖转到钢琴的另一侧，“三田村在这里被杀了，而野泽在下面的走廊上被人勒死，有人连杀了两个人。下这么大的雨，警察很久才会到。在这期间，无法保证大家不会遭遇危险。”

“这，怎么可能……”

“你是说，凶手是我们中的一个？”森提了一个显而易见的问题。

岛田眉头紧锁。“可能是，也可能不是。”

“总之，我们先出去吧。”我说，“我受不了和尸体待在同一个房间里。”

“是啊。”岛田痛快地同意了我的提议，调转脚跟，然后忽然举起手，“啊，等等——请等一下。”

“怎么啦？”

“这个，尸体的手……”岛田指着外科医生搭在钢琴盖上的手，“你们不觉得蹊跷吗？”

被他一提醒，我们战战兢兢地靠近尸体一看，三田村的右手绕过趴着的头，伸到左边，紧紧地握着自己的左手。

“你们不认为一个人在临死前摆出这样的姿势有点不自然吗？”岛田又向尸体走近了一步，“用右手握住自己的左手手指——也许是他有意这么做的。”

“有意？”

“嗯。”岛田一本正经地点了点头，“我想会不会就是所谓的死亡讯息。”

“死亡讯息？”

大石扭着粗短的脖子，疑惑不解。森也是同样的反应。

我目不转睛地盯着带有暗示性的尸体，小声说道：“就是临死前的留言吧？”

“是的。也就是说，他在临死前，想通过这个办法告诉第三者谁是杀害了自己的真凶。”

“哦。可是，这个样子……”大石一头雾水。

站在他旁边的森滋彦突然开口说：“这会不会是暗示戒指？”

“戒指？”

“对。请看，他的右手握着左手的戒指，是不是要摘下戒指呢？”

岛田轻轻地“哦”了一声。“我不认为他在临死前还念念不忘那个‘毛病’。啊，说起来，好像在去年的事件里，尸体的戒指也被摘下来了，是吗？”

“是的。”

“明白了。会不会是这样的——”大石粗声嚷道。

“你想到什么了吗？”

“他想要拔下戒指，告诉大家杀死自己的就是去年那个人——去年杀死正木，拿走戒指的那个人。”

“不会吧？”森大惊失色。

岛田又轻轻地“哦”了一声。

“你是想说，古川恒仁回来了，而且又杀人了？”

“嗯，就是这么回事。”

“不过，大石先生，虽说如此……”森似乎难以置信。

“这可是个丧心病狂的人。”

“有一定的道理。”岛田离开了尸体，“凶手也许是从外面进来的，或者……嗯，大家都出去吧。藤沼先生，请让仓本先生去检查一下门窗有没有被人打开过。”

餐厅（凌晨两点十五分）

“……我正在洗澡，一般都是在睡觉前洗。出来一看，三田村医生……”

由里绘喝了仓本递过来的白兰地，多少平静了一些。她疲惫不堪地坐在沙发里，语无伦次地叙述着当时的情况。

“洗澡花了多长时间？”

“三十分钟左右。”

“洗澡前，房间里没人吗？”

岛田平心静气地提了这个问题，由里绘一时语塞，然后缓缓地点点头。

“你知道三田村医生为什么来你的房间吗？”

“不知道。”由里绘无力地低下头，光洁的脸上泛起了红晕。

（撒谎！）

我在心中说。

（你分明知道今天晚上他要去你的房间。）

可是，我不能在这里揭穿这一点。我怎么可能这样做呢？

我迫切地感觉到必须和她单独谈一次，确认她的真实想法……

“你洗澡的时候，没听到什么声音吗？”

“没有。”

“出来看到尸体的时候，房间里有没有可疑的人影？”

“没有。”

岛田坐在由里绘对面的沙发上，在双腿交叉的膝盖上又开始了“折纸”的动作。森教授驼着背坐在他身边，大石坐在圆桌旁，自说自话地从餐具柜中拿出了一瓶威士忌。

去馆内巡查的仓本回来了。

“怎么样？”岛田从沙发里抬起身。

“那个——”管家硬邦邦地报告说，“后门开着。”

“果然如此！”大石喝了一口玻璃杯中的酒，大声叫起来，“果然又是那个丧尽天良的和尚……”

“请冷静一点！”岛田厉声喝道，“现在还不能下结论！仓本先生，在你回房前，门窗都关得好好的吧？”

“当然。我像平时一样全部检查了一遍。”

“走廊上的画，没有异常吧？”

“没有。”

“保管室那边也是吗？”

“是的。那间屋子平时都锁得很严实。”

“唔。后门开了，是从外面撬开了锁吗？”

“不是，锁没有坏。”

“原来如此。这么说来，如果凶手是外面来的人，那很有可能是事先潜藏在这里，或者有内应。”

“内应？”大石端着酒杯靠近沙发，气势汹汹地瞪着岛田，“如果是那样，那你就是最大的嫌疑犯！”

“我？”岛田仿佛推理小说的读者看到了出人意料的结局一般，睁大了眼睛。

大石气急败坏地说：“我说错了吗？你是那个和尚的朋友，事先和他勾结在一起，然后突然来到这里，向主人献殷勤。”

“你开玩笑吧。”岛田摊开双手，“我为什么要这样做？为了模仿杀人狂杀害三田村医生和野泽吗？”

“画，是画啊！你们两个狼狈为奸，打算偷画，被人发现后就杀人灭口。”

“特意跑到由里绘小姐的房间里去杀人吗？你不要血口喷人。教授，您怎么看？”

“我没什么想法。”森抱着双臂蜷缩成一团，背弯得更低了。

“藤沼先生呢？”岛田看着坐在茶几边的我。

“我被大石先生的分析触动了。在这里面，你是陌生人，最容易被怀疑。”

“可是，冷静地考虑一下……”

“话虽如此，但是这种情况下怎么可能冷静得下来呢？”我厌烦地打断岛田，看着蜷缩在沙发里的由里绘，“由里绘很害怕。不知道警察什么时候来，请允许我和由里绘暂时先回房间。”

“可是，藤沼先生！”

“我是这里的主人。虽然是这种情况——不，正因为是这种情况，所以请遵照我的意愿。由里绘，来，你过来。”

听到我的话，由里绘无精打采地站了起来。

“请等一下，藤沼先生！”岛田又把我叫住，“我从刚才开始，似乎已经看清楚了某种正确的‘形态’。”

“侦探工作交给警察就行了。我已经受够了——你不至于说我是凶手吧？”我说完，便将轮椅转向餐厅的出口。由里绘踉踉跄跄地跟在后面。

外面依然是狂风暴雨。在我的身后，餐厅里的人投来困惑的目光。我不在意外面的风雨，却从心底里厌恶在馆内肆虐，并把我们从平静引向崩溃的疯狂。

插曲 ——

回想

……暴风雨之夜就要迎来黎明了。

天空中黑沉沉的乌云逐渐被风吹散，东面被群山环抱的天空泛着鱼肚白。昨天晚上的电闪雷鸣和滂沱大雨已经成为过去时，山谷间的风却丝毫没有减弱。被狂风吹动的树林、洪波泛滥的河流、矗立在水车馆侧面不停翻转的三个黑色的巨大车轮……

我们六人聚集在地下室里。

昏黄的煤油灯光随风摇曳，四面是灰色的水泥墙壁。靠近前面的墙边摆放着洗衣机和大型干燥剂，还有堆满衣物的筐子。天花板上随处可见各种管道……

来到地下室的深处，我把戴着白色手套的双手交叉搭在褐色外套的腹部；由里绘双手扶着轮椅，躲在我的身后；大石源造和三田村则之站在她的两侧，仿佛是她的保镖。

森滋彦畏缩地站在后面，仓本不时摸着受了伤的头，笔直地站在旁边。

“谁来？”我嗓音沙哑地问道，“谁来打开那个盖子？”

也许是出于紧张，我含混不清的声音瑟瑟发抖，面具之下满头大汗。

大石缓缓走上前去。

他站在靠墙的焚烧炉前面，捡起扔在地上的一根铁制烧火棍。就在这一瞬间——

“啊！”他发出了仿佛被人卡住喉咙般的声音，扔掉手里的铁棍，一屁股坐在地上。

“怎么了，大石先生？”我赶紧问。

“这,这个……”红脸的美术商坐在水泥地板上,指着烧火棍旁边。

由里绘发出一声短促的尖叫。

“由里绘，”我回过头说，“你别看了，快上去。”

“由里绘小姐,走吧。”三田村伸出双手环绕着由里绘纤细的肩膀，催促她离开。

她怯生生地点点头，退到楼梯口附近，一头及腰的乌黑秀发轻轻晃动，亭亭玉立的身体无力地缩在一角。森和仓本走到由里绘面前，遮挡住她的视线。

看到这里，外科医生走上前，来到坐在地上的大石身旁，目光落在地板上。

“三田村，那是什么？”我问。

“主人，您大概也看清楚了。”他的声音带着金属的质感，“是手指，人的中指或无名指。”

我转动车轮向那边移过去。这个宛如青虫尸骸的物体——切面很不自然的根部黏着一团红黑色的东西。

“切口还很新，被切断应该不到两个小时。”

“可是，这到底……”

“这个嘛……”三田村跪在地板上，凑上前仔细观察地板上的手指，“这个——上面有戒指的痕迹，很深的痕迹。”

“啊……”我把手指伸进面具孔里，用力揉着自己的眼睛，“是正木。”

“是啊，我想也是。”外科医生站起身，右手摆弄着自己左手无名指上的戒指，“应该是正木先生的那个猫眼石戒指。”

“那么，正木果然被他杀了吗？”

“啊，很难说。”

坐在地板上的大石总算站了起来。

“藤沼先生，那么，这里面……”

我不置可否地摇了摇头。“打开看看。”

“这，这个……”

大石连连后退，脸上的肥肉不停地抖动。三田村看到他这副尊容，一耸肩膀，捡起了地上的铁棍。

“我来吧。”他嘴里说着，站在了焚烧炉前面。

这是一个小型的焚烧炉，立在水泥底座上的银色外壳因为污垢而不再光鲜，在齐着眼睛的高度有一个相同颜色的烟囱从里面伸出来，笔直地穿过地下室的天花板，一直延伸到外面。我和仓本目睹了烟囱里吐出的烟。

这个铁箱里传来火焰的燃烧声，天刚蒙蒙亮，不可能有人焚烧垃圾，然而……

三田村手握铁棍伸向焚烧炉的铁门。铁棍“铛”的一声撞击在炙热的铁板上，前端弯曲的铁钩随即钩住了门的把手。

门向外打开了——里面是熊熊燃烧的火焰。

“呃……”

臭气扑面而来，所有人不禁捂住鼻子，应该不止我一个人恶心得想吐吧。

这是燃烧蛋白质的臭气，所有人对臭气的源头已经心中有数了。

“正木……”我痛苦地低吟了一声，“怎么回事？”

三田村把铁棍伸进焚烧炉，透明的赤焰中隐约可见几个黑影。

他强作镇定在其中搜索，紧握铁棍的手却在瑟瑟发抖。片刻之后，铁棍刺到了一样物体，三田村试图把它拖出焚烧炉。

“哇！”

他惊呼着倒退一步。炉里的另一样东西被拉出来的物体一碰，意外地滚了出来。

地下室凝重的空气被数声惊叫划破。

“啊。”三田村看着滚落在灰色水泥地板上的东西，瞠目结舌，“太惨了……”

那是一个人头。已经被完全烧焦，还在冒着白烟，头发早就被烧光了，眼睛、鼻子和嘴也失去了原本的形状。

三田村手里的铁棍拖出来另外一个物体。

“这是手臂。”三田村喃喃低语，将它震落在旁边的铁桶里。

这的确是手臂。和刚才的人头一样，早就烧焦变形了——这应该是人的左臂。值得注意的是，手指少了一根，从拇指数过来的第四根——无名指。

焚烧炉内被燃烧的是一具人的尸体，头部、躯干、双臂、双腿——整个尸体被切成了六个部分。

噩梦般的夜晚结束了，暴风雨也渐行渐远。太阳若无其事地在迅速散开的乌云后面露出笑脸，仿佛什么都没发生过似的。新的一天又开始了……

然而，死者不能复生；消失的人留下谜团，再也没有现身。

心力交瘁的我们不知所措地等着应该接管这起“事件”的警察。那一天，九月二十九日傍晚，终于赶到的“专家们”也对这起奇异的凶杀案目瞪口呆。他们顾不上休息，马上给我们做了笔录，并进行了现场取证，在附近展开了搜索。

不久，根据他们的调查，那天夜晚的“事件”以“解决”的方式告一段落。

山谷恢复了平静。我祈求平静的生活能够持续下去。是的，我发自内心地祈求……

关于一九八五年九月二十八日（周六）至二十九日（周日）
在藤沼纪一家（水车馆）发生的杀人事件的官方意见
（摘自岛田洁的笔记综合概括了当时警察发布的公告
以及报纸杂志上的相关报道）

1. 尸检结果

九月二十九日黎明，在藤沼纪一家地下室发现一具尸体。根据对尸体的鉴定，得出以下结果：

①尸体被肢解为头部、躯干、双臂（左手无名指缺损）、双腿，共计六部分，在地下室焚烧炉内被焚烧。

②由于尸体损伤严重，难以辨认容貌等个人特征。性别为男性，年龄在三十五岁到四十五岁之间，中等身材，一米六五左右，偏瘦。由于高温引发蛋白质变性，无法检验出血型。

③死因推测为被勒住脖子窒息身亡。燃烧造成尸体严重炭化，无法推测具体死亡时间。

2. 被害人的身份确认

①根据尸检结果推断出来的死者体型、年龄，相关人员提供的事发当时的状况以及地下室发现的物证，断定被害人是居住在藤沼家的正木慎吾（三十八岁）。

②上述用于确认死者身份的物证，是残留在地下室的左手无名指。这与尸体左手的缺损吻合，估计是凶手肢解焚烧尸体时不小心掉落在地。化验结果表明这根手指的血型与正木慎吾的血型相同（均为O型）。

③被发现的无名指上有戴过戒指的痕迹，与正木慎吾在同一手指上戴有戒指这一事实相符。此外，从正木的房间以及正木弹过的钢琴键盘上采集到的指纹也与这根手指的指纹一致。

3. 犯罪经过

从各种情况推测，事件的凶手是在同一馆内留宿的古川恒仁（三十七岁）。下面依照既存事实，重新模拟犯罪经过：

①古川恒仁是香川县高松市**寺的副住持。和当天来访的其他三位客人一样，对藤沼纪一收藏的藤沼一成大师的作品有浓厚的兴趣。长期以来，对自己无力购买一成作品这个事实心有不甘。后来还了解到一个事实：古川最近瞒着家人尝试的股票投资失败，因此在生活上捉襟见肘。

②出于对一成作品的痴迷，他偷走了陈列在藤沼家回廊上的一幅画。估计他事先并没有计划，而是冲动犯罪。事发当晚，

管家仓本庄司在回廊上目击了他对作品表现出来的异常举动。这是证明他心理状态的重要证词。

③待所有人睡着后，他偷偷走出房间，避开坐在楼下大厅里的三田村则之和森滋彦的视线，来到回廊上盗走了画。随后，他从后门逃出水车馆，但因为暴风雨而没有走远。

④正木慎吾发现他后追了出去，古川杀害了追上来的正木。

⑤关于为何要肢解正木的尸体，可以考虑以下可能性：古川指望通过肢解焚烧尸体来掩盖罪行，他认为只要处理了尸体，杀人事实就不会被发现，于是他想到在地下室的焚烧炉内把尸体烧成灰。将尸体肢解是因为一具完整的尸体不能直接塞入焚烧炉。因此，如果没有人发现烟囱的烟进而发现焚烧现场，估计他会计算尸体被烧成灰所需的时间，然后返回地下室处理骨灰。

⑥肢解尸体的工具是从厨房以及储物柜中拿来的切肉刀和劈柴刀。这些工具和尸体一起被扔进了焚烧炉。另外，进行肢解的地方应该在室外，但是因为当晚的台风天气，无法找到相关痕迹。

⑦把肢解后的尸体搬到地下室时，古川打晕了来到走廊上的仓本庄司，并将其捆绑起来。

⑧切断尸体的手指是为了拿走猫眼戒指。正木常年佩戴这枚戒指，因此无法摘下。在肢解尸体时，古川顺手夺走了这枚价值不菲的戒指。

⑨当古川发现焚烧现场被人发现后，便放弃隐藏尸体的计划，带着偷来的画逃走了。逃走线路不明。不过由于道路不通，逃入山里的可能性很大。

4. 补充

在此后的调查中，明确了以下事实：

①被害人正木慎吾是同年二月发生在东京都练马区的抢劫杀人未遂事件中的重要嫌疑人。据报告称，怀疑正木向黑社会经营的融资机构借钱用于赌博，因为无力偿还而走向了犯罪。当局一直在追查半年前消失的他，因为缺乏决定性证据，没有大范围进行通缉。

②事情发生后不久，警方在全国范围通缉古川，但时至今日他仍然去向不明。

第十四章　现在

（一九八六年　九月二十九日）

藤沼纪一的卧室（凌晨两点四十分）

回到房间，关上通向走廊的门。让萎靡不振的由里绘打开卧室的门，确认连接书房的门关着之后，我穿过起居室径直来到卧室。

“你也进来。”

我在房间里召唤站在门口的由里绘。她仿佛梦游一样，步履蹒跚地走进了室内。

面对中庭的窗户拉上了窗帘，天空中亮起一道白色的闪电。一秒、二秒、三秒……我一边在口中数着闪电后雷声响起的时间，一边来到床边打开台灯。在灯光亮起的同时，雷声也在远方响起。

“过来，坐在这里。”

由里绘遵照我的命令在床头坐了下来。她一直低着头，不看我的脸——那张白色的面具。

“心情平静了吧？能冷静地和我说话了吗？”我压抑着心里隐隐的痛——困惑、不安、焦躁、愤怒……极力用平缓的语气和她说话。

“首先，那个男人——三田村，为什么会在你的房间里？你不知道他要去吗？”

由里绘缓缓地摇摇头。

“你是说，你不知道？”

“是。”她的声音很低，但确实给出了一个肯定的答案。她在对我撒谎。

我一时说不出话来。直到现在，她还想欺骗我吗？

“说谎可不好啊！”我感觉万箭穿心，“你说不知道，那是在撒谎。你知道他要来，不是吗？”

她将小手叠放在并拢的膝上，蜷缩着的纤细的肩膀哆嗦了一下。

“为什么不对我说真话，由里绘？你到底有什么打算？”

“……”

“不愿意回答我吗？”

我下定了决心，坐在轮椅上，一动不动地盯着垂下头的她。

“我什么都知道。晚饭前，我听到你在小厅和那个男人说话。”

由里绘的肩又哆嗦了一下。她微微仰起头，刘海下的眼睛里充满了畏惧。

“他说今天晚上十二点之后去你的房间，你也同意了。”

或许不用我说出来，由里绘已经察觉到了这一点——我知道他们两个人的幽会。她又低下了头，双手在膝盖上轻轻颤动。

“我一直在等，看你什么时候主动告诉我。我想信任你，但是，最终……”

我说不下去了，举起戴着手套的双手，绕到面具的后面，解开绳子，缓缓地揭下贴在脸上的白色橡胶，把自己狰狞的真面目暴露在昏暗的灯光下。

“由里绘！”我从来不曾这样冷冰冰地叫过她的名字，“抬起头来！

抬起头来看着我的脸！”

她仍然低着头。

“三田村如约来到了你的房间，对吧？而且是在你去浴室之前。你让他在外面等着，然后你去洗澡。不是吗？”

“……”

“你——你想和他上床吗？”

“……”

外面又亮起一道闪电，片刻之后，响彻云霄的雷声轰然响起，仿佛在嘲笑我们上演的无聊剧目。由里绘的沉默让我怒不可遏，同时感到极度失望。我紧紧地攥着从脸上取下来的白色面具。

“由里绘，现在我希望你坦白你的想法。或许我一直都误解你了，我现在根本不知道你在想什么。”

我把带着体温的橡胶面具放到床头柜上，又从外套的口袋中掏出那封“恐吓信”。

“你还记得这个吗？”我把折成四折的纸条向由里绘的膝上扔去。她抬起双手打算去接，可是没等飞到她跟前，纸条就“啪”的一声落在了地板上。由里绘却没有把它捡起来。

“告诉我！”我说，“你为什么要写这种东西？”

这个时候我已经明白了，写这封信的人不是别人，恰恰是由里绘。

我已经明白了，当时——昨天从西回廊到大门口去迎接到访的三位客人时，或者是在回来的时候——这张纸条就已经塞在了起居室的门下。

其实，只是我当时没有注意而已。或许——不，很可能我的余光看到了像“污痕”一样躺在地毯上的这张纸条，但是（说来好笑）我却没有注意到……

“打开书房的门也是你干的吧？”我接着说，“为什么要做这种事？你的目的是为了让我害怕吗？可是为什么……”

我在隔壁的起居室看到书房的门被打开时，想到了两种可能性，其中之一就是“凶手”是由里绘。

对岛田说钥匙丢了是一句谎话。实际上，那把钥匙就放在这间卧室的柜子抽屉里，而且只有这一把。事实上，我后来确认了掉在地板上的钥匙，就是从那个抽屉里取出来的。

由此一来，问题就简单了，能这么做的人只有她。因为除了我和由里绘，再也没有人知道钥匙放在哪里。

与此同时，我还在内心深处竭力否定这个明摆着的答案。然而——

如果由里绘是“凶手”的话，就可以理解“作案”手法为什么如此幼稚拙劣。她在这座馆内的塔屋里度过了大半人生，基本上对外界的信息一无所知。因此，对她来说，“恐吓”大概是最与自己无缘的行为了。普通人通过遍布街头巷尾的读物或者电视剧、犯罪报道等，在不知不觉中就学会了“恐吓”的技术；然而，对于被幽禁在这个馆里，直到去年为止甚至不被允许看电视的她来说，肯定是绞尽脑汁才想到写字的时候要尽量掩盖笔迹。

“回答我，由里绘！”我压抑着激动的声音对她说，“为什么你要用这种方法来恐吓我呢？‘从这个家里滚出去’——上面是这样写的。这真的是你的愿望吗？”

“不是。”从她的嘴里终于冒出了一句话。

“不是？”

“我想离开这里，离开这里去外面，所以……”

(所以——)

我又说不出话来。

（所以才恐吓我吗？）

由里绘又不出声了。我也无言以对，脑子里一片混乱。

她想离开这个家——这是情理之中的。我爱她，想和深爱的她一起在这个山谷里度过平静的岁月。我一直深信她也是这样想的……不，不是这样！我并非完全出于这样的想法。其实我是害怕，害怕她了解外面的世界后，憧憬外面的生活，抛下我离开这个山谷。

由里绘可能敏感地察觉到了这种恐惧。

她也知道，即使对我说想离开这里，也不可能实现。就算说想一个人出去，我也不可能答应。因此……

（因此用“恐吓者”的身份来恐吓我，让我离开这里，那时自己也可以一起出去。她是这样期盼的吗？）

我可以进行多种推测。我感到自己似乎明白了由里绘的真实心意，但是越这样想，越觉得之前那颗我很了解的心以及在心里（我一直相信）的爱，让我无法琢磨。

我不知道说什么好，所以什么也没说。我伸手拿起放在床头柜上的面具，然后把它卷成一团放进外套的口袋里，留下筋疲力尽的由里绘，走出了卧室。

藤沼纪一的起居室（凌晨三点）

我把轮椅靠近窗前，望着窗外的夜色。黑色的玻璃上隐约浮现出摘下面具的脸。

（多么丑陋的嘴脸啊。）

这是我由衷的想法。

以前不是这样的。镶在椭圆形脸庞上的双眼曾经神采奕奕，现在却是那么空虚，那样卑鄙，仿佛受惊的野兽……

我在心里想象着隔壁卧室里由里绘垂头丧气的样子。因为脱离这个家的愿望太强烈，才做出如此愚蠢的恐吓行为。当她试图背叛的时候，她已经不是一个少女，而是一个“女人”，一个“妻子”。她一直被封闭在扭曲的时间和空间中，因此才楚楚动人，却又愚不可及……

在“静寂”就要崩溃的现在，她那颗未成熟的心里在想什么？今后她又会怎么样？

我誓死维系着这种“静寂”，但是就好像人总有一天会死，“静寂”也同样是为了被打破而存在的。说不定其实我很早以前就预感到了破灭的来临。

今后，她，还有我，还有这座水车馆，会怎么样呢？

现在为此烦恼已经太迟了。

（太迟了吗？）

（不。）

尽管我已经隐约听到了崩溃的声音，却仍然抱着一丝希望去否定它。

（还不到时候。）

我从外套的口袋中拿出面具戴在脸上，强打精神将轮椅向连接走廊的房门移去。

（还不到时候，还有办法。）

这时——

嘎嘎……嘎嘎嘎……

不知从哪里响起了异样的声音。声音并不是很大，却和到目前为止包围着这间屋子的喧嚣截然不同，仿佛金属摩擦般的声音。

嘎嘎嘎……嘎嘎……

不知是不是心理作用，这个声音与西回廊外水车的旋转声节拍一致，尽管声音不大，却显得非常沉重，震荡着房间里的空气。

好像在哪儿听过，我想。在某个时间、某个地方，我听到过同样的声音。

（那天晚上。）

我马上回忆起来了。

（那天晚上，那个时候……）

嘎嘎嘎……

从哪里传出来的呢？

我竖起耳朵，拼命寻找声音的所在，最后得出了一个难以置信的结论。

（怎么会……）

门——书房紧闭的那扇门后面吗？

过了一会儿，声音停止了。我坐在轮椅里，浑身僵硬，精神都集中在那扇黑黝黝的红木门上。

到底发生了什么？将要发生什么？

我毛骨悚然，不祥的预感让我心惊肉跳。

我浑身直冒冷汗，咬紧牙关，如坐针毡地探听门后的动静，等待那里即将发生（不应该发生的！）的事情。

咔嗒——

这不是刚才听到的金属声，而是一个根据自己的意志“活动”的东西。

（有什么东西在里面。）

我如临大敌。

咔嗒，又响起了一声。接着，传来细细簌簌的衣服摩擦声。

啪嗒……啪嗒……

是踮着脚尖走路的声音。在隔壁房间的地毯上，有东西——不，有人在来回走动！

（荒谬！）

瘆人的疑惑眼看着膨胀起来，把我推向恐慌的激流之中。

（太荒谬了！）

在房门紧闭的房间里有一个不应该存在的人在来回走动。是谁？为什么？从哪里进去的？

所有的疑问纠结在一起，突破了我心中的理智和常识，我得出了一个答案。

脚步声向这边的门靠近了。然后——

咔嚓……

响起了旋转门把手的声音，瞬间就让处于现实和幻想之间的我失去了平衡。

"别过来！"我不顾一切地大叫起来，"回去，快回去！"

卧室里响起了由里绘的尖叫。她一定也听到了门里面怪异的声音，和我一样魂飞魄散。

把手转动的声音还在持续。书房里的人发现打不开锁，转而敲起了门上的镶板。

"不要！"我塞住面具上的耳朵，发狂似的叫着，"求求你，不要过来！"

是那个男人。果然是他。那天晚上，消失的他又回来了。写恐吓信、打开书房的门，都不是由里绘做的，而是这个男人在馆内徘徊，以此来折磨我……

我此时此刻的状态用四个字来形容再准确不过——歇斯底里。

我忘记了自己的立场，大喊大叫起来。我叫他不要过来，继而又哭泣着哀求他。

不知道对方有没有听懂我说的话，总之，敲门声戛然而止。空虚的静寂一下子从雨声的间隙中降落了下来。

我全身无力，瘫坐在轮椅中。

“老爷？”通往走廊的门外传来了仓本的声音，是听到我的叫声赶过来的。

“藤沼先生！”

“主人？”

留在餐厅的客人们也一起上来了。

“老爷，怎么啦？”

“啊……”我冲着上了锁的门喊道，“没什么。”

“可是，刚才的声音……”

“真的没什么。”

这次是从里面的卧室传来嘎吱嘎吱的轻微响声。我侧耳听着，心脏几乎停止了跳动。

(这个声音是……)

好像是开门的声音。那么，是从卧室通向书房的门吗？

(不会是由里绘吧……)

是她从柜子里取出钥匙打开那扇门的吗？是因为无法忍受异样的声音吗？还是一时冲动呢？

“啊！”

她轻轻地叫了一声。接着，响起了和刚才相同的脚步声，但这次不是在书房，而是在卧室里……

里面的人从由里绘打开的门里出来了。

脚步声向这边靠近。不一会儿，卧室门上的把手慢慢转动起来。

（如果是脚步声？）

到这时，我才意识到自己的妄想有多么荒唐。

（怎么会有这种可能呢？）

“是谁？”

走廊里的仓本一行人并没有离去的打算，但我还是忍不住喊了起来。

“你是谁？”把手停止了旋转，门向里面打开了。从卧室中现身的是……

“啊，真够呛！”浅黑色瘦削的脸上，白色的门牙闪闪发光。是他——岛田洁。

“我本来以为不得不原路返回，还好由里绘小姐给我开了门。”

同一房间 （凌晨三点三十分）

岛田大步流星地从我的身边经过，向连接走廊的门走去。他的灰色衬衫上到处都是污迹，还有一股恶臭扑鼻而来。

他打开门锁，招呼外面的人进来。

“啊，岛田先生，你怎么在这里？”

“主人，刚才的声音到底是……”

“老爷……”

我背对鱼贯而入的三个人——大石、森、仓本——一句话也没说。

“各位，我终于看清了拼图该有的全貌。”岛田高声对众人说，“和我想象的差不多，哎呀呀，当然，也有出乎意料的地方。”

“到底是怎么一回事？”

“我发现了真相。”岛田清了清嗓子，走到我的身边，“对不起，里面的灰尘太大了，我的喉咙有点不舒服。吓着您了吗，主人？”

“这是怎么回事？”门口三个人的视线盯在我的身上，我终于开口问岛田，“请你解释一下，我看情况……”

岛田皱起浓眉，咂咂嘴。“你就承认了吧，主人！”

“什么……”

“你既然犯下了滔天罪行，就爽快一点谢幕吧。”

“你——”我声嘶力竭地大叫，“你是说我是凶手？”

“不是吗？”

“你不要太过分了。我到底犯了什么罪？”

“所有的！”岛田毫不犹豫地说，“杀三田村医生的是你吧？而且，在作案后回房间的时候，又杀死了目击到这一切的野泽。”

“胡说八道！”

“不仅这些，去年的事件也是你一手策划的。”岛田继续说，“把根岸文江推下塔屋露台的人是你；偷画的人是你；在地下室肢解尸体的人也是你。”

“请等一下，岛田先生。”森忙不迭地说，“太不可思议了，不管怎么说……”

“是啊。”大石附和道，“你怀疑别人也就算了，只有藤沼先生绝对不可能杀人。”

“是的，你说得没错，确实如此。”岛田拍着衬衫上的灰尘，频频点头，“藤沼先生是不可能杀人的。根岸文江坠楼的时候，他有明确的不在场证明；腿脚不便的他也不可能一个人在地下室爬上爬下地肢解尸体；今天晚上发生的三田村医生被杀案也是一样，电梯已经坏了，他不可能爬上塔屋。是的，没错，应该绝对不可能。”

“你精神错乱了吗？”我用尽浑身的力气瞪着眼前的这个人，“看来我把你请进这个家里是个错误。”

“是个错误。”岛田笑嘻嘻地说，“不，也不能一概而论。就算我今天不来，你迟早有一天会身败名裂，这就是你的命运。”

“命运？”

“是的。住在中村青司建造的这座馆里，就会有这个命运。”

“不要再说了，”我挥手叫道，“出去，你们都给我出去。”

“那不可能。”岛田猛地走到我跟前，怜悯地看着在轮椅上严阵以待的我，“你要我来揭下你的面具吗，正木慎吾先生？”

同一房间（凌晨三点四十五分）

由里绘也许在隔壁的房间里倾听我们的对话，只听她急促地叫了一句。

岛田洁回头看了一眼，又转过脸来问我。

“你担心她吗？要把她叫过来吗？”

“不，不用了。”我缓缓地摇摇头。

“我是这样想的，正木先生，不过或许只是我的胡思乱想。”岛田用“正木”这个名字叫我，好像已经认定这是个不争的事实了，“昨天，我在房门口发现的那封信，是不是她写的？”

看着默然不语的我，他满意地点点头。

“果然如此。‘滚出去，从这个家里滚出去。’她想通过暗示在这个馆内有某人发现了你——不，包括她自己在内——你们的罪行来威胁你，大概是希望以此迫使你带她离开这里。昨天傍晚，你对那张纸条是什么时候塞到门下的可能性进行了种种推测。后来，我不经意地想到，如果纸条出自由里绘之手，那么有可能你在之前经过走廊的时候忽视了它。不过，从我发现时的情况来看，这种可能性很小。尤其是坐在轮椅上视线向下的话，可能性就更加微乎其微了。然而，事实上你真的没有发现。落在红地毯上的绿色纸条——对普通人来说非常醒目，对于你来说却不是。”

“啊……”我忍不住发出呻吟。

是的。正如他说的那样，我没有发现。不，应该说我没有能力发现。

“十二年前——不，已经是十三年前了，由于藤沼纪一驾驶的车发生的车祸，你失去了未婚妻，纪一自己也受到重伤。奇迹般没有受到外伤的你，却留下了对于一个画家来说致命的后遗症——色觉异常，也就是后天性的红绿色盲。”

“啊！”我又呻吟了一声。

是的。我的眼睛从那时起就失去了正常的色觉。这是致命的打击，从根本上剥夺了我身为一个画家的未来。我无法区分红色和绿色，这两种颜色在我看来都是灰色……

相约一生的恋人和作为画家的未来——最重要的东西瞬间被夺走了，这是多么可悲和可叹的事情啊！尽管我知道那是没有办法的事，却仍然无比憎恨那场事故以及当时开车的藤沼纪一。

因此，我没有留意到地毯上的那张纸条。本馆的深红色地毯、别馆的青苔色地毯和窗帘，对于我来说都是灰色的。这房子周围绿色的群山和中庭里的花丛也都是“残败的、阴郁的深灰色”。即使是昨天岛田来的时候，我也被枝繁叶茂的树木“挡住了视线”，很难看到他停在山坡下林荫道上的红色汽车。

森和大石走进室内，来到沙发旁边。

“岛田先生！”森惊慌失措地问，“到底是怎么回事？你说藤沼先生是正木慎吾……正木先生去年被杀了呀！”

“也就是说，那个在地下室发现的被肢解的尸体并不是正木慎吾。你们也知道，那具尸体被焚烧后根本无从辨认体态特征。那是凶手事先准备的替身。”

“但是，指纹不是被确认了吗？”

“是啊。”岛田举起自己的左手，“只有掉在地上的无名指指纹而已。”

“啊……”森似乎终于明白过来。

大石和仓本的嘴里也发出了同样的惊呼。

“只有那根无名指是正木慎吾的。那根手指不是被指认为凶手的古川恒仁为了夺取正木慎吾的戒指而砍下的，是正木为了让大家相信焚烧炉里的尸体是他本人，自己砍下来的。”

岛田转过身来对我说：“我从一开始就觉得匪夷所思。你还记得在晚饭后，我指出了你的‘毛病’吗？每次用左手拿烟斗或者酒杯时，都会竖起外侧的两根手指，也就是小指和无名指。”说着，他把自己的左手握成拳，试着竖起小指和无名指。小指一下子就笔直的竖起来了，无名指却无法竖起来。

“就是这样的，很多人习惯竖起小指，但是很难同时竖起两根手指，所以我觉得奇怪，隐隐地对你手套里的手产生了怀疑。教授，大石先生，请回忆一下三田村医生的尸体。对，我指出的死亡讯息就是手的形状。大石先生说他用扭曲的右手握着左手的手指，是为了取下戒指，其实不然。他想表示的不是戒指，而是戴着戒指的手指。左手的无名指——他是想通过这个告诉我们谁是真凶。”

“可是，三田村为什么会被杀呢？”

“问得好，教授！”岛田答道，“停电的时候，因为我的失误，他不是从轮椅上摔了下来吗？我想就是那个时候。三田村医生扶他起来的时候可能握住了他的左手，并且感到了不对劲。是这样吗，正木先生？”

“……”

正如岛田所说，当时三田村握着我的手，一脸狐疑。我立刻感觉大事不妙，说不定他发现了我的左手没有无名指。

“因此你决定杀了他，可是我不明白为什么要在由里绘的房间里行凶。”

我咬紧牙关。

对，这也是原因之一——让我真正下决心杀他的，是在塔屋门前，通过锁孔看到的那幕景象……

知道了那个好色的外科医生深夜要去由里绘的房间，我怎么能无动于衷呢？

长期坐在轮椅上的藤沼纪一——戴着面具的我，在电梯发生故障时不可能一个人走上塔屋。可是，只要没人看见，我可以在楼梯上健步如飞。

时间到了，我悄悄溜出了起居室，把轮椅停在餐厅门外，等候着三田村。不久，我看见他用手摸着头发，急匆匆地去了塔屋。

我从轮椅上下来，跟在他的后面走上楼梯，然后藏在楼梯的拐角处，偷偷观察室内的动静。

一开始，三田村假惺惺地一边欣赏装饰在塔屋里的几幅一成的画，一边发表自己的感想。说着说着，他的声音变成了恶心的谄媚声，甜言蜜语地称赞由里绘的美丽……不一会儿，传入我耳朵的是两人衣服的摩擦声和低低的喘息声……

“不要——不要这样！”我听到由里绘的声音，然而，从她的语气里丝毫感觉不到对三田村的斥责和拒绝。

“别这样说，由里绘，我对你……”

“不行。”

“你讨厌我吗？”

“……”

两人进行着男女之间陈词滥调的对话，终于——

“我去洗个澡。”由里绘小声地说出了“女人”的台词。

“太好了！”三田村呼吸急促，“我等你，我的小公主。”

我妒火中烧，用戴着手套的右手紧紧抓住事先准备好的起钉器。最初我打算在他离开由里绘的房间后，在回别馆的路上袭击他，但是涌上心头的杀意却已经是箭在弦上。

从钥匙孔里看见他背对房门坐在钢琴前面。我打开门，蹑手蹑脚地走进去。他坐在钢琴前的椅子上若有所思，也许在想象接下来的男欢女爱。

然后……

杀了他之后，我急忙离开房间跑下楼梯。这次的杀人并没有经过反复斟酌，为了制造有入侵者的假象，我想去打开后门的锁，便从餐厅飞奔到北回廊。于是，我和正好从厕所里出来的野泽朋子撞个正着。

她一定觉得莫名其妙。这是理所当然的，因为本来应该坐在轮椅上的残疾人却两脚生风地奔跑在走廊上。

我狼狈不堪，追上出于本能转身就跑的野泽，从后面用双手卡住她的喉咙。她来不及发出声音就断气了。

我拼命地稳住狂跳的心，回到起居室，等待由里绘的惨叫声响起……

岛田破解了我杀死野泽朋子的前因后果，而且还进行了一番补充。

“刚才你回房后，我又去看了一次野泽的尸体。在尽量不触及尸体的前提下，检查了尸体的喉部——也就是被扼杀的痕迹。结果我发现，凶手左手的手指少了一根。”

戴着面具隐藏自己的脸，用宽松的外套掩盖体格上的差异，装出不自然的沙哑声，坐在轮椅上，戴着在左手无名指里塞了东西的手套……我在这一年中，尽心尽力地扮演这个家的“面具主人”。我小心谨慎，尤其需要提防仓本；从昨天开始，在这些访客面前，我更加战战兢兢。然而，那个时候——追杀野泽朋子的时候——我已经顾不上扼杀她时的指痕问题了。后来我才想起来，等到看见三田村留下的表示“左手无名指”的死亡讯息时，我真切地感觉到自己的计划就要功亏一篑了。

“你打开后门的锁，是不是为了制造凶手是从外面潜入的假象——最好让我们把怀疑集中在去年被冤枉为凶手的古川恒仁身上？还是打算把察觉了真相的我们全都杀掉，然后又把所有的罪行推给恒仁呢？太残忍了！”

听到岛田掷地有声的发言，我无力地闭上眼睛。

“岛田先生，岛田先生！”大石捏着嗓子在旁边插嘴道，“我还不太明白，这到底是怎么回事？能不能说得再简单一点儿？”

“是啊。”岛田停顿了一下，好像是在等待我的反应。

“虽然我也不是专家，但就让我简单解释一下我得出真相的推理过程吧。

“老实说，我最开始也是一头雾水，只是隐约感觉到了某种‘形态’。或许我认为古川恒仁不是凶手是出于和他的友情，不过即使客观地来看，去年那起事件的‘解决’也是基于现有状况，为了得出合理的结论，而做出的牵强解释。

“后来听了大家对去年事件的回顾，我断定根岸文江的坠楼是他杀。根据现场的情况，有可能行凶的人是三田村医生、森教授、大石先生和正木先生。从时间上考虑还可以加上仓本，前提是他说从餐厅窗户看到文江坠楼的证词是谎言。其他人——纪一、由里绘、恒仁各自都有明确的不在场证明，所以在文江这起事件上不可能是凶手。

“那么如果文江是被人谋杀的，那么凶手为什么要杀她呢？

“我想破了脑袋也想不通，因为从既存事实考虑，我认为她没有什么理由会招来杀身之祸。我首先在这里碰壁了。

“那么，下一个是古川恒仁的失踪事件。他是如何从别馆二楼脱身的呢？

“警察将这种情况归结为在楼下大厅的三田村医生和森教授的‘疏忽’，但是我觉得太过草率了。听你们讲述了详细情况后，这种想法更加强烈了。

“我的直觉告诉我别馆二楼的某个地方可能有一条暗道，尽管这是‘推理世界’的禁忌。不过大家也知道，我们检查了一遍，那里根本就没有什么机关。在这儿我又碰到了一堵巨大的墙。不过，森教授——”

“怎么了？”

“你记得那个时候——就是在检查别馆五号室的时候，我说过还有另一种可能性吗？”

“嗯，就在停电之前。”

“是的。我想说的是事发当时和恒仁在同一层的正木慎吾帮助他脱身的可能性，也就是说，恒仁从那里的窗户爬出去，然后正木插上了插销。

“可是，这种想法也被否定了。我们检查过，房间的窗户根本钻不过去——浴室的窗户被镶死了，走廊的窗户和房间窗户的构造相同，即使插销的问题得到解决，也不可能从那里出去。

“这是一个完美的密室。然而，确实有一个人从那里消失了。假如我不同意三田村大夫和森教授‘没有留意’这种‘逃避’式的解释，那我就不得不面对颠覆世界观的窘境。

“其实，对发生了这种不可能状况最吃惊的人，恐怕是正木先生你吧？对你来说，恒仁只要莫名其妙地失踪就行了，以此让大家认为他携画潜逃。三田村医生和森教授那么晚还在楼下大厅下象棋，这完全在你的计算之外，对吗？

“我伤透了脑筋，但其实想通了以后就很简单了。总之，坚持排除‘疏忽说’，这一点至关重要。也就是说，我苦思冥想，意识到正因为眼前的状况貌似不可能，最终只能无可回避地归结到一个答案上，而且是一个再简单不过的答案。”

岛田仿佛等待学生举手的老师一样，停顿了一下，轮番打量着森、大石和仓本。

“当时我们把五号室翻了个遍，证明没有暗道，然而有一个人从屋中消失了。所谓的消失，在物理上是指这个人转移到这个空间以外的地方去了。在当时的情况下，除了楼梯，连接外部空间的只有窗户，但是从那里也绝对不可能出去。

“在这里需要一个严密的理论。一个人不可能从那里的窗户出去，可是这‘一个人’是指‘一个活人’，一个人在活着的状态下绝对不可能从那些窗户出去。

“但是，如果换一个思路呢？一个人被分尸后再被搬出去，这不就成为可能了吗？换句话说，如果古川恒仁确实从那个空间消失了，那么，他只能是作为被肢解了的尸体而消失。”

从森和大石的嘴里发出了悠长的叹息声。岛田继续娓娓道来——

“基于森教授和三田村可能‘疏忽’了的假设以及‘古川恒仁就是凶手’这一先入为主的观念，使大家看不到这个显而易见的答案。当然，正木自己和由里绘小姐后来‘看到’的恒仁‘活着的身影’也成了掩盖这一答案最好的幌子。

“古川恒仁在从别馆二楼消失的时候已经死了，而且是被肢解后从窗户扔到了外面。基于这个看似有悖常理的答案重新思考的话，去年的事件便在清晰的轮廓内以极其合理的‘形态’显现出来了。

“如果说古川是在别馆的二楼被杀以及被肢解，那么能够做到这一点的只有正木慎吾。这样一来，就能看清‘尸体调包’的拼图——后来发现的尸体残块，不是正木慎吾的，而是古川恒仁。

“那天晚上，正木慎吾杀害了回到房间里的古川。他脱下古川的衣服，把他搬到浴室里，用事先准备好的切肉刀和劈柴刀把尸体分成六部分，再把这六块尸体分别装进黑色塑料袋，从房间的窗户扔到外面。衣服和刀具大概也同样扔到了外面，在房间里烧香则是为了掩盖血腥味。这样让古川‘脱身’后，再用打火机或者手电筒向在塔屋里待命的帮凶发出大功告成的信号。”

“帮凶？”森滋彦一边扶正眼镜一边说，“那么，由里绘小姐她……”

“是的。刚才我也说过，只有由里绘小姐有可能是正木的帮凶，正木发出的信号就是仓本偶然看见的奇怪的亮光。”

那个晚上可怕的情景重现在脑海里。

晚上十一点之前，我上了二楼，去古川恒仁的房间。他脸色苍白，深爱一成的作品却缺乏经济实力而无法购买。我一边假惺惺地安慰他，一边绕到他的背后用绳子勒住了他的脖子。

他很快就断了气。我调整了一下呼吸，锁上房间的门，开始了下一步的工作。

为了能把尸体放进焚烧炉，必须肢解尸体，还要制造古川偷盗画作后消失的假象。可是，把尸体直接从五号室搬到地下室，有很大的风险。

我脱去他的衣服，塞进事先准备好的黑色塑料袋内。然后自己也全身赤裸（为了方便之后冲洗血迹），把尸体搬到浴室。我打开淋浴器（没有开热水，因为担心血液凝固后粘在浴缸上），用切肉刀切开皮肉，再用劈柴刀砍断露出的骨头……

我全身沾满了“灰色”的血，血腥味呛得我差点喘不过气来，花了一个半小时，终于完成了尸体的肢解。

我把各个部位分别塞进塑料袋，从房间的窗户扔到了室外。外面是狂风暴雨，这个房间正下方的三号室正好是森教授的房间。我断定如果他取下了那个眼镜型的助听器上床睡了的话，听力不好的他是不会听到塑料袋落地的声音的。另外，即使有人站在窗边眺望，也看不清黑夜中的黑色塑料袋。

我一丝不苟地冲洗浴室里的血和肉片，收拾干净自己的身体。用焚香来消除血腥味是因为碰巧看到了放在房间桌上的香盒；否则，我本来打算在盥洗室里打碎一瓶古龙水。

我强忍着恶心的感觉，来到走廊，用手电向塔屋里的由里绘发出信号……

“收到暗号的由里绘小姐走下塔，取下北回廊上的一幅画，暂时藏在那个小屋里。发觉画不见了必须发生在古川‘逃走’之后，为了表示有人逃走，她打开后门的锁，然后前往纪一的房间告知他这件怪事。

“这样，发现画被盗后，众人骚动起来。接着，通过古川恒仁‘消失’这一事实，首尾呼应地把事件引向了错误的方向。

“正木知道纪一并不希望惊动警方，而且傍晚时分警察打过电话，因为道路塌方来不了了。如果不是这样，他会切断电话线延迟警察的介入。在这期间，正木算准了纪一对自己心怀愧疚，如果请他把这里交给自己处理，恐怕纪一不会不听。

“由里绘撒谎说在后门外看到了人影，正木就以此为借口去追子虚乌有的古川了。他让纪一回房间等着，自己便跑了出去，绕到别馆的窗下，把落在花丛中的塑料袋搬到后门附近。

“后来，正木慎吾在焚烧炉里烧毁了古川的尸体，还把尸体伪装成自己，他心里打的什么算盘呢？消失的不是古川而是正木，那么这个正木后来去了哪里呢？

“到了这里，把消失的正木慎吾和现在的藤沼纪一画上等号就很容易了。面具、手套、轮椅、嘶哑的声音、体形、身为帮凶的‘妻子’……万事俱备，他顺利地实现了调包计。”

说完，岛田又转向保持沉默的我。

“你的想法荒谬至极。你企图‘抹掉’已经在人生中堕落，甚至闯下弥天大祸的自己，并且把美丽的由里绘小姐、这个家以及这里的财产和收集在这里的画——所有一切都据为己有。你的目的是让正木慎吾这个人在世界上消失，变身为藤沼纪一，再世为人。当然，原因之一是出于对藤沼纪一的复仇，是他毁了你的人生。

“去年四月你请求纪一收留自己之后，就和由里绘小姐有了不正当的关系吧？由里绘小姐逐渐倾心于你，有了她的协助，你开始制订杀人计划。

“你留意纪一的体貌特征和生活习惯。他在人前必定戴着面具，也不和任何人见面，整天把自己关在家里。因为体格相似，你想到了杀害他后假扮成他的可能性。

“你一直留心观察纪一的说话方式、癖好、生活起居，得出了自己通过模仿完全有可能化身为他的结论。可是要实现这一点有两个障碍，其中之一就是根岸文江的存在。

“在这个家里，照顾纪一日常生活的就是她。从帮助纪一洗澡到梳理头发……要想瞒过她的眼睛是根本不可能的，因此你不得不杀了她。如果她死了，以后让由里绘来照顾自己就行了。这样一来，必须提防的人就只有仓本了，你断定自己可以靠演技骗过他。对吧，正木先生？”

是的。我认为通过面具、手套、外套以及模仿纪一沙哑的声音，可以骗过一年只见一次的客人们。对仓本来说，他的主人不是藤沼纪一这个人，而是水车馆这座建筑，尽量减少和他说话就能骗过他。问题就只剩下一个人，那个好管闲事的女佣。

根岸文江去打扫塔屋并通知由里绘客人们到了的时候，由里绘依照事先的约定告诉她，我——正木慎吾，待会儿有悄悄话要和她说，请她在这里等着。

我曾经和她谈过有关由里绘的教育问题，得到了她的信任。她对由里绘的话信以为真，打扫完房间后便留在那里等待着我的到来。

仓本从别馆回到本馆，进入厨房的时候，我偷偷地溜进餐厅，爬上了塔屋。当时眼看仓本就要从厨房回到餐厅了，我想尽快离开那里，所以使用了电梯。

文江看到我乘电梯上来有一丝诧异，但是并没有提高警惕，说着说着她就转身背对着我了。我瞅准这个机会，对准她的头部猛击，把她打晕并推下了露台。扶手的螺丝钉松动了，这一点也是我事先捣的鬼。

就在我举起她越过扶手的一瞬间，她恢复了知觉，大声叫唤起来。然后，随着那声长长的惨叫，她的身体从天而降。

我在楼梯上确认仓本飞奔出餐厅后，赶紧下楼。在从餐厅出来往北回廊走去时，我没有忘记按下电梯的呼叫按钮，让电梯回到一楼。

我虽然注意到了被雨水淋湿的身体，但是已经没有时间换衣服了。我穿过走廊转到别馆，然后紧跟在听到喧闹声的客人们后面，往大门跑去……

“那么，还有一个问题就是怎样将‘正木慎吾’从这个世界上‘抹去’。

“通常意义上的‘替换’是被害人和加害人两者之间的互换。然而这一次，要把纪一的尸体伪装成正木慎吾绝非易事。因为即使将尸体肢解进行焚烧，因为纪一肉体上的残障——脸、手，特别是脚部的损伤，被发觉的可能性依然很高。其次还有血型的问题，虽说在焚烧炉里高温焚烧后检测不出血型，但是万一尸体在蛋白质完全破坏之前就被人发现的话，那就前功尽弃了。

“为了解决这个问题，你想到了利用第三者的尸体这个办法。你分析了从由里绘那里听到的访客特征，从中选定一个和自己年龄、体格相似，并且血型相同的人，他就是古川恒仁。

“你杀害了古川，把他伪装成自己的尸体，并让他成为凶手‘仓皇出逃’。然后，你杀害藤沼纪一，实现了自己的真正目的。

“让我们回到对事情经过的追溯上来。接下来的过程是我的想象，有关细节我也不敢断言……

“你假装去追古川，把装了尸体的袋子搬到了门口。然后，你在不被仓本发现的前提下去了纪一的房间。由里绘小姐应该也在那里，你借口报告追踪的情况走近纪一，趁他不备用钝器击打了他的头部。纪一从轮椅上摔下来，倒在了地上。紧接着，你把他的尸体从书房搬到了密室……”

“不是的。”我忍不住出声叫道，“岛田先生——啊，我是不是已经没必要再装出这种声音了？”

我停止用已经成为惯性的嘶哑声音说话。“那我就不再伪装了。你的推测基本是对的，只有这一点不对。我并不知道书房的密室在哪里。我也认为在中村青司设计的这座馆的某个地方——可能就是隔壁的书房里有密室，但到目前为止我还没能发现。昨天你提到中村青司的名字，暗示这座建筑和他渊源颇深的时候，我想或许能从你这里得到一些找到这个机关的线索，所以才邀请你进来。”

“你不知道？”岛田困惑地问道，但马上就释然了，“原来如此。这个机关确实太不起眼了。那么，能把事情的经过告诉我们吗，正木先生？”

把装着古川尸体的塑料袋搬到后门口，我偷偷地来到走廊，首先确定那幅“消失的画”在小屋内，然后湿漉漉地来到了纪一的房间。他让由里绘坐在起居室的沙发上，自己在书房的桌边等我。

开门的是由里绘。我把事先准备好的扳手藏在身后，假装汇报情况，走到他的身边，然后对着毫无防备的纪一用力一击。这十二年来我没有一刻忘记对制造了那起事故的纪一进行报复，那一瞬间，复仇之火在我心里熊熊燃烧。他从轮椅上滚落下来，伏在地毯上发出几声微弱的呻吟，很快就纹丝不动了。

就在这个时候，目睹了一切的由里绘，被活生生的杀人场面吓到了，进而引发贫血昏倒在地。

我大吃一惊，顾不上理会纪一的尸体（我以为是），把由里绘扶起来，安慰着浑身剧烈颤抖的她，把她带到塔屋让她躺在床上休息。

我急忙返回纪一的房间，途中听到了仓本的声音。

他好像发现了藏在小屋里的画（我太粗心了，刚才看了以后没有把门关严）。我在走廊里伏击他，用手边的东西把他打晕以后，找出绳子把他五花大绑起来。我手里有一条古川的手帕，原本打算随便扔在外面。我当即改变主意，用手帕塞住仓本的嘴，把他搬到了餐厅的角落里。

回到纪一的房间后，我飞奔到书房，那里还有很多善后工作要做。我打算把纪一的尸体埋在外面的森林里。然而——

他不见了。

我魂飞魄散。地毯上留有些许血迹，他被我击打后身受重伤也是事实。我看到他已经不动了，就认定他断气了。难道他还活着？可是，轮椅还在原来的地方——没有轮椅且身受重伤，他是不可能走远的。

为慎重起见，我在卧室和外面的走廊找了一遍，但是没有发现他。就好像对其他人来说古川从别馆的二楼消失一样，藤沼纪一也从我的眼前消失了。

思来想去，我得出了一个结论，就是书房里有一条秘密通道，他从这条通道逃进了只有他知道的密室中。

我知道书房里有一个密室，除了可以从中村青司的生平推测以外，也听纪一提到过。他把《幻影群像》放在任何人都看不到的地方——就是这间密室。

我拼命寻找密室的人口。从身负重伤又不用轮椅的他能爬行的距离考虑，只可能是在这个书房中。然而，一方面我六神无主，一方面还有不计其数的事等着我处理，所以当时根本不可能找到。当然，事后我也多次检查了书房，还是没能发现秘道。我惶惶不可终日，只能把书房看成“打不开的房间”。

因此，我一直对“事件的不明朗部分”耿耿于怀。我感觉“在不可能的状态下消失的他”像幽灵一样在馆内徘徊，每天都心惊肉跳。我一方面怀疑由里绘是写“恐吓信”和打开书房的“凶手”；另一方面也无法消除对纪一“死而复生”的恐惧。

“原来如此。”岛田洁点点头，“我本来以为一定是你藏在那里的。”

“在哪里？岛田先生，你到底是从哪里进入那间密室的？”

“基本上是胡乱猜到的。”

岛田抓了抓略微卷曲的柔软的头发。

“我想，假如隔壁这间所谓‘打不开的房间’有什么秘密入口的话，机关十有八九是在通往地下的电梯之类的装置中。仓本先生在那天晚上听到异常的声音——从时间上的一致性来考虑，可能就是电梯的声音。那么，如果真是这样，要在密室里放下那幅《幻影群像》，为了把这幅有一百号大的作品搬进密室或者进行修补，势必在其他地方还建有另一个出口。如果是这样的话，那么，我认为最有可能和这座馆的‘招牌’水车相关。于是，我就找了个理由，请仓本先生允许我检查一下外面的机房。”

“在那里吗？”

“是的。在房间的最里面，地板上有几条不易被发现的裂缝。我仔细检查以后，发现在机器的后面有一个类似把手的东西。那块地板是一个翻盖，打开一看，果然有台阶延伸到地下。

“里面还有电灯开关，我打开灯走下了台阶。下面是一个宽敞的地下室，从机房的正下方延伸到馆内的西回廊，墙上真的有那幅大家梦寐以求的画。”

“《幻影群像》吗？”

“真的吗？”

森教授和大石同时嚷道。

“你看到了？”

“嗯。”岛田微微皱了皱眉，“难怪藤沼纪一无论如何都不愿意给别人看那幅画。正木先生，这么说来，你也没见过？”

我点点头，岛田低低地叹息了一声，眉头皱得更紧了。

“算了，不说了。还有啊，有一具尸体伸出手指着画，俯卧在那里。虽然我多少预料到了，但还是被吓得魂不附体。真受不了。”

“你是从哪里来到书房的？”

“在尸体后面，有一个小电梯，正好勉强容得下一个坐在轮椅上的人。我坐进去以后，按下操作开关，然后，嘎嘎嘎……电梯就缓缓地升了上来，一直到隔壁的壁炉里面。”

“壁炉……”

“壁炉里面就是电梯。在墙壁和烟囱之间有一台发动机。里面有两个和壁炉炉体大小相同的箱子上下相连，坐在下面的箱子里降到底下，上面的箱子就下来填补空间。你怎么找都没有发现，可能是因为只有下面的箱子里才有操作面板吧。

“好了，密室的揭秘就到这里，接下来是凶手的行动。各位，不需要我多费口舌了吧？

“他把放在后门口的黑色塑料袋搬到地下室，与死者的衣服，还有凶器，一起扔进焚烧炉。他把正木慎吾穿的衣服也烧了。尸体左手的无名指在肢解的时候就切下来了，可能埋在了外面的某个地方。

“接下来是最恐怖的事情了。正木先生，你必须切断自己的手指。是用烧热的火筷子烫了伤口以便止血的吗？真了不起，就算有止痛药，我也下不了这个决心。

“你取下戒指，故意把手指扔在地下室的地板上。那枚戒指你是藏起来了，还是扔到河里了？你用东西塞在左手手套的无名指里，换上纪一的衣服，戴上面具。化身为水车馆主人的你在尸体充分燃烧后，救下了被绑住的仓本。由里绘作伪证说从塔上看到了古川的身影，这样确保一切都万无一失。随后，你们‘发现’烟囱在冒烟，进而找到了尸体。我想，‘被偷的那幅画’是放在保管室，和其他画混在一起了吧？

“你就这样‘杀死’了正木慎吾，把古川恒仁变成凶手，又作为藤沼纪一开始了新的人生。你把自己三十八年来的人生付之一炬，成功地逃脱了应得的制裁，还得到了巨额财产和心爱的女人。”

说到这里，岛田看了一眼手表，从牛仔裤的口袋里拿出那个像印章盒一般的烟盒，嘀咕着“今天的一支”，把里面的香烟衔在嘴里，似乎在寻思符合名侦探身份的总结陈词。

这时——

从不停呼啸的风雨声和水车声中，传来了金属质感的警笛声。警察来了。

藤沼纪一的卧室——书房——密室（清晨四点五十分）

在场的每个人都把注意力集中在呼啸的警笛声上。

就在同一瞬间，我迅速从轮椅上飞奔出去，撞开站在前面的岛田，径直冲向卧室。

外面乱作一团，众人大叫起来。我打开门，跑进去后飞快地上了锁。

“开门！”岛田用力拍门，慌乱地叫起来。

由里绘坐在床上，全身裹在毛巾里瑟瑟发抖，心惊胆战地看着我。

“你都听到了吧？”我扔掉自己戴了一年的、被压扁的面具。“由里绘，你现在还爱我吗？”

我好不容易才从嘴里挤出这个问题。由里绘茫然地睁大了眼睛，目不转睛地看着我的真面目。

“我不知道。”她一字一顿地说。去年夏天在塔屋弹钢琴时，她把脸靠在我的肩上（对于少了一根手指的我来说，再也不可能像去年那样弹钢琴了……），对我甜言蜜语。可是现在，同一张嘴却在她自己的意志下说出了这样的话。

这个度过了十年封闭岁月的少女，被一个叫正木慎吾的男人解救出来，明白了什么是“男人”，懂得了“爱”的含义，对这个男人言听计从，双手被充满血腥的犯罪玷污。后来，在那个男人希望的“静寂”中，她逐渐憧憬外面的世界，心已经不属于这里了……

我终于意识到，由里绘不再是受我操纵的人偶了。

我爱上被藤沼纪一抽去了灵魂的美丽人偶，并赋予了她生命；拥有了意志的人偶现在要离开我，开始自己的生活。

或许，这只是一个失败罪犯的自怨自艾，但我并不介意。

这种心态让我格外空虚，杀三田村时燃起的愤怒之火，已经消失殆尽了。

不管怎么样，我会被逮捕，并作为穷凶极恶的杀人犯被处以极刑。可是，此时我想到的是无论如何都必须救她，我应该独自承担所有的罪恶，必须这样。

“对不起，请原谅。”说完，我转身向书房的门飞奔而去。

岛田等人呼唤我的声音从墙那边传来。

“别担心，我不会做傻事的。只是，我想看一看那幅画。”我大声回答着，钻进了壁炉。

就像岛田说的那样，壁炉里面有一个小开关。伸手一按，伴随着“嘎嘎嘎”的声音，地面开始缓慢下沉。

很快，下降停止了，我来到地下的密室。与此同时，我禁不住用手捂住嘴，发出了低低的呻吟。

低矮的天花板上亮着灯，地板上有一件熟悉的外套。

尸体还没有完全化成白骨，脖子附近，腐烂的肉还贴在露出的骨头上。已经变色的白色面具，还有弥漫在室内的恶臭……

我回忆起昨天野泽朋子说过，地下室有“怪味”。或许就是因为这个房间紧邻水车馆的地下室，臭味透过墙壁上的缝隙散了出去。

藤沼纪一戴着白色手套的右手笔直地伸向了前方。我顺着他的手指，看到了挂在正面墙上的巨幅百号画布。

《幻影群像》……

就是它吗？

我甚至忘记捂住鼻子来遮挡臭气，瞠目结舌地看着那幅奇特的画。

整个画面上模模糊糊地画了一个黑色轮廓。那是一座带“塔”的、类似古堡的西洋风格建筑，在它的左侧有一个巨大的圆形轮子——是水车吗？对，就是水车。这不正是水车馆吗？！

在轮廓里面，画了几个奇怪的图案。

一个黑发的美丽女人，忧郁的大眼睛目不转睛地看着远方。

一双脚，像木棍一样僵硬的脚。

还有一个图案浮现在馆中央——那个平板式的白色面具毫无疑问是依照一成的儿子藤沼纪一的脸做成的……

（我自己也害怕那幅画，甚至可以说是厌恶。）

是的，纪一曾经这么说过。

（父亲是个幻视者……）

对，藤沼一成是个名副其实的幻视者。他是一个天赋异禀的天才，把自己看见的幻象原封不动地描绘下来。

这是一成在去世之前目击到的景象。

十三年前遭遇车祸，失去了双腿并被毁容的纪一，想必对此惊讶万分吧。父亲一成在画里预言的正是当时以及之后十几年来纪一的容貌。

我目瞪口呆地凝视着这幅画。

纪一对预言了自己不幸未来的父亲和这幅画深感恐惧，却又无法摆脱，根据这幅画的指引建造了这个水车馆。这幅画就是罪魁祸首……因为这幅画，才必须有这座水车馆；疯狂的建筑师中村青司也是因为这幅画，才按照自己的风格建造了水车馆；因为这幅画，纪一才把戴着面具的自己和由里绘关在这里，把画藏在水车馆的深处……

然后——

我留意到画布角落里的一个小东西，紧接着，我不可抑制地从喉咙里发出尖叫。

啊，这是什么？难道说最后，我也只能在和纪一相同的命运下苟延残喘吗？

画面上有一只左手，掌心面向前方，僵硬的手指张开着……从右边数过来的第二根手指不见了，而在这只手上，沾满了“灰色的鲜血”！

Original Japanese edition published by KODANSHA LTD.
Publication rights for Simplified Chinese character edition arranged with KODANSHA LTD. through KODANSHA BEIJING CULTURE LTD. Beijing, China.

图书在版编目（CIP）数据

水车馆事件 /（日）绫辻行人著；龚群译 . -- 3 版 . 北京：新星出版社，2024. 7（2025. 4 重印）
ISBN 978-7-5133-5654-1

Ⅰ . I313.45

中国国家版本馆 CIP 数据核字第 2024U9K485 号

水车馆事件

[日] 绫辻行人 著；龚群 译

责任编辑 王 萌
责任印制 李珊珊
装帧设计 张 二

出 版 人 马汝军
出版发行 新星出版社
（北京市西城区车公庄大街丙 3 号楼 8001　100044）
网　　址 www.newstarpress.com
法律顾问 北京市岳成律师事务所
印　　刷 北京天恒嘉业印刷有限公司
开　　本 910mm × 1230mm　1/32
印　　张 8.5
字　　数 101 千字
版　　次 2024 年 7 月第 3 版　　2025 年 4 月第 3 次印刷
书　　号 ISBN 978-7-5133-5654-1
定　　价 49.00 元

总机：010-88310888　　传真：010-65270449　　销售中心：010-88310811